ハヤカワ文庫SF
〈SF2315〉

宇宙英雄ローダン・シリーズ〈635〉

カルフェシュからの指令

デトレフ・G・ヴィンター&アルント・エルマー
若松宣子訳

早川書房

8623

PERRY RHODAN
EIN AUFTRAG FÜR DIE SOL
DER RETTUNGSPLAN
by
Detlev G. Winter
Arndt Ellmer

Translated by
Noriko Wakamatsu
First published 2021 in Japan by
HAYAKAWA PUBLISHING, INC.
This book is published in Japan by
arrangement with
PABEL-MOEWIG VERLAG KG
through JAPAN UNI AGENCY, INC., TOKYO.

目次

カルフェシュからの指令

カルフェシュからの指令

デトレフ・G・ヴィンター

登場人物

ブレザー・ファドン……………………ベッチデ人。《ソル》船長
サーフォ・マラガン……………………同。《ソルセル＝２》艦長
スカウティ………………………………同。ブレザー・ファドンの妻
ジータ・アイヴォリー…………………テラナー。《ソルセル＝１》艦長
エルデグ・テラル
フリント・ロイセン　}………………同。《ソル》乗員
ヘレン・アルメーラ
濃淡グリーン……………………………カプセル光線族。アルマダ第三八一二部隊の司令官
カルフェシュ……………………………ソルゴル人

1

「目を閉じることならできるのね、あなたたち！　現実を受け入れるかわりに、無邪気な夢にふけっている。だけど、なんのため？　あなたたちはこの、じつにいまいましい座標に飛ぶ理由があるという。でも、いっておくけど、そんなものないのよ。わたしたちはそこに用がないの。実際、すべてはあさはかな口実で、あなたたちもそれをわかっている。ジェン・サリクとアトランは死んでしまった。希望的観測をいだいたって、ふたりが生きているということなどない」

相《あ》いかわらず力強く決然とした、歯に衣《きぬ》着せない話しぶりだ。《ソルセル＝1》の女艦長ジータ・アイヴォリーは、意見をいうときにめったに感情をおさえない。ぼさぼさの褐色の髪をした青白い顔が、《ソル》中央本体の主司令室のコンソールの上にホロ・プロジェクションとしてうつしだされている。

ブレザー・ファドンは助けをもとめるように視線を操縦士に向けた。

「スイッチを切れよ」エルデグ・テラルが、どうしようもないようにいった。「さっさとスイッチを切ればいいんだ。ほかに逃れられるすべはない。ついでに、唇に紅でもさせば話を聞くと伝えるといい」

ブレザーは短く乾いた笑い声をあげた。実際はまったく冗談をいいあう気分ではなかったが。とくに今回の場合は。あらためて通信相手に向きなおったとき、彼女の異議をすべて真剣に受けとめるという表情をした。

「で、われわれはどうすればいいと……きみの意見では？」

「わたしの意見が通るなら、とっとと逃げだすことね」ジータ・アイヴォリーはまわりのすべてをしめすように手を動かして、「無限アルマダはこちらを必要としていないし、わたしたち、死者を救うこともできない。自分たちの道を進むのよ。だれからも義務を課せられることはないわ」

「〝どの道を〟進む気なのか、たずねるんだ」エルデグ・テラルがわきからささやいた。「おそらく、彼女の頭には重大な欠陥がある。自分の提案が引き起こす結果をまったく考えていない。また挑発しているだけなんだ。あぶない雰囲気だとわかるだろう？」

なによりもひとつだけ、ブレザーにはっきりわかっていることがあった。この操縦士は機会があればいつでも、SZ＝1の女艦長の悪口をいう。エルデグによると、ジータの反抗的な態度が気にさわるらしく、ほとんどつねにいがみあっているのだ。ブレザーは、かれの態度にどこか、愛憎なかばする感情がまじっているのを感じとっていた。

「わたしは、きみがかんたんに処理しすぎているのではないかと案じる」かれはジータにいった。「世界の残骸を見ないでさっさと立ち去るというわけにはいかない。わたしはペリー・ローダンに、無限アルマダに同行すると約束したんだ。この約束をかんたんに破れないと感じる。アトランとサリクがまだ生きている可能性がほんのわずかでもあるなら……ふたりを助けるために、かならずあらゆる手段をつくす。それがわれわれの義務だ。そこから逃げだすことなど考えられない」

ジータは大きく深呼吸して、いった。

「あなたとわたしは異なった仮定からものごとを考えている。だから、もう一度いっておくわ。ふたりがまだ生きているかもしれないと考えるなら、それは夢をみているの。自分をごまかしてはだめ、ブレザー……ローダンが見たヴィジョンは明白だった。そこにはべつの解釈をしたり、いいつくろったりする余地はない。ふたりは死んだのよ！」

ブレザーは、ジータの目がぬれて光っているのに気づいた。言葉とは裏腹に、内心では彼女も納得できていないのだ。

「それはつらいことよ」彼女は話をつづけた。「ものすごくね。とくにアルコン人は、わたしたちと《ソル》のために多くのことをしてくれた。でも、かれはもう生きていない。目を未来に向けなくては。アルマダのことやフロストルービンの帰還については、こちらが手だしする必要はないの。わたしたちは結局、どこにも属さない者の集団だし……ああ、もうどうでもいいわ。やりたいようにやりなさいよ！」

ホログラムが消えて、一瞬、《ソル》の主司令室に氷のように冷たい沈黙が舞いおりた。ブレザー・ファドンは無言でうしろにもたれ、エルデグ・テラルは宙を見つめる。

ある意味、ジータの態度は乗員のあいだにひろがる分裂をいくらかうつしだしていた。船の今後のコースについての意見は割れていて、個々の観点によって異なっている。方向を見失ったという奇妙な感覚が、あらゆるところにひろがっていた。一部には将来への不安までが重なっている。

かれらはある程度、明白に決められた任務を負って航行しているが、それはだれに強制されたものでもなかった。故郷銀河を出発し、フロストルービンが元来あったとされるポジションに向かう無限アルマダに同行している。その距離は、およそ想像をこえた二億光年以上にもなる。そこで、深淵に消えたジェン・サリクとアトランを助ける方法を探すのだ。ふたりがまだ生きているならば、だが。

《ソル》の航行を指示したのはペリー・ローダン自身だった。超越知性体〝それ〟のヴィジョンのなかで友ふたりの死をありありと体験したかれは、徹底した現実主義者とされているが……長年にわたる仲間に対するあらゆる援助がまにあわなかったという事態を信じたくなかったのだ。相対的不死者に特有な楽天主義だろうか？　細胞活性装置保持者がひそかにいだいている不安……完全に予想外なかたちで運命に襲われるかもしれないという恐怖……を、おさえこんでいるのか？

だが、どんな動機に突き動かされているとしても、ローダンは希望を捨てない。旧友ふたりがまだ生きていて、助けられるという思いにすがっている。だからこそ《ソル》を無限アルマダの随行船にした。人類の力のかぎりがはたされたと、確認したいのだ。細胞活性装置保持者が死んだという報告が入り、それがあとになって誤報だったと判明するのは、はじめてではない。つまり、ローダンが強情に行動するのはもっともなだけではなく、必要なことなのだ。生存のチャンスは充分のこっている。無意味に思われるような対策が決定的な瞬間に、じつは頼みの綱になったということもあるから。《ソル》の乗員ほぼ一万名もそれを知っていて、納得してこの任務についている。必要とされれば、その場に向かうのだ。

しかし、航行が長くつづくほど、多くの者が考えはじめていた……この行動に本当に意味があるのだろうか、あるいは、溺れる者が藁《わら》をつかむようなものにすぎないのではないだろうか、と。引き返すことをもとめ、自身の道を進むことを支持する声が大きくなっている。

〝アトランはどちらにしてももういない。銀河系の問題に《ソル》はかかわらない〟というモットーにしたがおうというのだ。

ブレザー・ファドンは不機嫌にかぶりを振った。自分が船を指揮しているあいだは、こんな言葉は通用しないようにつとめたい。もちろん、かれは全体的な問題を見誤ってはいない。乗員たちには広範にわたる将来的な見通しや、ありありと思い描けるような長期的展望が欠けているのだ。

「きわめて濁った水のなかを進んでいるようなもんだな」ベッチデ人は考えこみながらいった。「いまにも浅瀬に乗りあげてしまう気がする」

エルデグ・テラルが横でからだをかがめ、親しみをこめてかれの腕をたたいた。

「大げさなことをいうな。この状況はそれほど劇的なものではないのだから」

ブレザーは自身が感情に囚《とら》われやすいのを自覚している。それを気づかせてくれる仲間に、折に触れて感謝していた。

かれは首をまわし、これまでうしろでひかえていた女カプセル光線族をじっと見つめた。

「あなたはどう思う、濃淡グリーン？　なにか助言はあるか？」

アルマダ第三八一二部隊の司令官は自信なさげに四本の触腕を振った。断片のような足から圧縮空気が噴きだし、羽毛のように軽い円錐形のからだがすこしブレザーのほうに近づく。三つの目とふたつの口がこの非凡な生物の特徴となっていて、均一な淡いグリーンの肌からその名前がついていた。

自分のアルマダ部隊を蛮族ウェーヴから救助してもらって以来、濃淡グリーンは《ソル》に乗船している。自発性と着想の豊かさ、論理性と推理能力は、カプセル光線族の秀でた特性だ。それは通常、すくなからぬ対価と引き換えにほかの種族の希望者に提供される。だが、濃淡グリーンは感謝の気持ちから、期限をもうけることなくソラナーにそれを提供していた。《ソル》が介入しなければ、アルマダ第三八一二部隊はくずるスクラップとなっていただろう。こうして乗船したことで、種族を助けられた恩に報いているのだ。

「惑わされることのないように」彼女はブレザーの問いに答えた。「アトランとサリクになにがあったのか、ペリー・ローダンの目撃した状況が本当にふたりの死につながったのか、だれもわかりません。ただし、ふたりがまだ生きているのなら、なによりすばやく援助しないと」

ベッチデ人はゆっくりうなずいた。濃淡グリーンの考え方ももちろん主観にすぎないところはある。この生物はアトランと特別な関係を築いていたにちがいない。というのも、当時《ソル》の部隊が蛮族ウェーヴを駆逐したとき、指揮をとっていたのはアルコン人だからだ。それでもブレザーは彼女の言葉を理性的だと考えた。それは自身と同意見だという理由からだけではない。

「よし、わかった」かれは決断した。「われわれは主体的に動き、無限アルマダからははなれよう。前進だ！」

「それはできない」しわがれた声がいった。

ブレザーは大きく首をまわした。ヴィデオ・スクリーンにサーフォ・マラガンの顔がうつるのが見えた。たったいまスイッチを入れたらしい。マラガンはまだ弱々しく見える。スプーディ塊が消えたあとも、共生の過酷さから完全に回復していないのだ。落ちくぼんでよどんだ目、こけた頬、薄い唇をブレザーは見つめた。

「わたしがきみの立場なら」サーフォはつづけた。「アルマダをはなれないだろう。あまりに危険だから」

「なぜだ？」ブレザーは驚いて無愛想にいった。「セネカがこの船を確実に目的地に飛ばすとは信じられないのか？」

「そういうことではない。なにが待ちかまえているかわからないだろう……目的地でも、あるいは方位確認の途中でも。アルマダの支援があれば保護されていると感じられるが、かれらがいなくては、われわれは虚無のなかの砂粒同然だ」

「これまではそんなことはまったく問題ではなかった……《ソル》はいまも自己防衛の方法を知っている。なぜ、突然、そんな大げさに考えはじめたんだ？」

「これから向かう場所で、近々、フロストルービンがふたたびあらわれるはず」サーフォが思いださせる。「予想されるモラルコードの修復を阻止するため、混沌の勢力が全力で抵抗するのではないかと思うのだ。そこでどんな勢力に遭遇することになるか、想像できるか？　アルマダの支持もなく、《ソル》だけで直面するはめになるのは、ともかくわたしは避けたい」

ブレザーは辛辣《しんらつ》な言葉を口にしかかったが、それをのみこんだ。

「わかった。もう一度よく考えてみよう」

実際のところ、サーフォにとっては時間を稼ぐことが重要なのだ……弱ったからだを回復させ、自身が納得するための時間を。もしアトランに会えるなら、任務をかたづけ、あらゆる危機を乗りこえた男として向かいあいたい。サーフォ・マラガンは当時、クランドホルの賢人の役割をアルコン人から引き継いだが、前任者のように卓越した技でスプーディとの共生を生きぬくことはできなかった。弱り、亡霊のようになっても、かれはスプーディ塊からはなれることを最後まで拒否したのだったが、ひょっとするとそれは、アトランに匹敵するような内面的な偉大さを獲得することを重要視していて、それによってなにかを証明したかったのだろうか……？　だがその試みは、ヴィールス・インペリウム再構成の過程でスプーディが自己崩壊したのち、終了した。いまのサーフォは負け犬として存在することを望んでおらず、そのために時間が必要だった。

「それぞれが独立した三部分からなる船を指揮するのはむずかしいですね」濃淡グリー

ンの言葉で、ブレザーの思考が愉快ではないテーマからそれた。「多くの意見をひとつにまとめなくてはならないのですから」

「それほど複雑でもない」エルデグ・テラルが口をはさむ。「《ソル》が一部隊として行動し、ここに指揮権があるかぎりは。いいかえれば、ブレザー・ファドンが今後の動きを決めるということ」

「そのブレザー・ファドンは」と、本人がいった。「できるだけあらゆる意見を考慮して、中庸を選ぼうとする人物なんだ。それが根本的な問題なのさ」

かれは大きく嘆息した。さしあたり、無限アルマダの列からははなれないようにしようと決意する。サーフォ・マラガンの反論は表向きだけのようだが、やはりその意見もおおいに考えるべきもの。決断のさい、そこも考慮した。とはいえ、単独航行のほうが早く目的地に到達するという考えは心にとどめておくことにする。遅くとも次の通常空間航行のときに、あらためて熟考することになるだろう。それに対し、まったくべつの方法をとるというジータ・アイヴォリーの無理な要求にはすこしも納得できなかった。《ソル》船内の人類一万名は、それぞれまったく異なる方法を好む三派に分かれていると、かれは考えた。乗員は分裂していて、航行が長引くほど亀裂も深くなるだろう。摩擦がきわだち、紛争の火種となる。近い将来についての不確定な状態が、乗員たちに犠牲を強いているのだ。

それがNGZ四二九年三月なかばの状況で……その三日後に、カルフェシュがあらわれたのだった。

＊

鋼、ベトン、ガラス、合成物質。

境界がせまく定められたところに形成された、人工的な自然。ごくわずかに本来の姿のまま自然がのこったゾーンもあるが、それすらも計画されたものだ。

管理された交通網、調整された天候、各種の需要に合わせたサービス。

もっとも悲観的に考えたイメージのなかでさえ、思い描かなかった地球の姿だった。まったく反対の世界だ。かれは祖先の故郷世界に足を踏み入れること、ベッチデ人のはじまりの地でもある惑星を見られることを心から願い、それが実現するのを楽しみにしていたもの。

だが、失望は大きかった。

「〝システム〟だ」ブレザー・ファドンはつぶやいた。「閉じた完璧なシステムだ……住民が幸福に暮らせるようにつくられ、自己完結している。こんなものは想像もしていなかった」

「なにを期待していたの？」スカウティが冷静にたずねる。「キルクールのような世界とか？」

これまで自身の故郷と比較してこなかったが、おそらく実際、ブレザーが不機嫌な理由はそこにあるのだろう。惑星キルクールでは、人類は自然とともに暮らし、自然を構成する一部だった。一方、ここでは自然は人類に支配され、人類の一部にすぎず、人類が許すかぎりしか存在しない。

ブレザーは立ちどまり、頭をあげた。かつては荒れ地だったという外の平地を見やる。いま、ゴビ地方は地球でもっともすごしやすい気候地帯とされている……人類の手によってそのようにつくられたのだ。ここテラニア・シティの前では多種多様な植物が生育し、素朴な藪や色鮮やかな草花、大きな木が育っている……すべて自然のままの状態に見えるが、実際は植えられ栽培されたものだ。はるか東では、地球の首都のシルエットが地平線に浮かびあがっている。高度に技術化された、あらゆる観点において完全な文明の象徴だ。

「妙な感じだよ」ブレザーは沈んだ口調でいった。「地球への訪問に大きな期待をいだいていたんだ。到着したときには長年の夢が叶《かな》えられたかのような心持ちだった。ところが、呼吸をして大地を踏みしめたいま、すべてが変わってしまった」

「現実が、秘密に満ちた魅惑のヴェールをはいでしまったのね」と、スカウティ。「生きていれば、よく起こることよ。近くで見ると、たいていはその魅力が失われてしまうものなの」

ふたりは手をとりあい、日の光があふれる景色のなかを進んでいった。本当はここで心地《ここち》よい気分を味わいたかったと、ブレザーは考えていた。場合によっては、スカウティと息子とともに、まったく新しい生活をはじめてもいいと。しかし、いまは、それを実行すれば後悔するのではないかと疑念をいだいている。故郷惑星キルクールにくらべたら、地球は〝不毛の地〟だった。

ここに暮らす人々についても、同じように評価するしかない。人類は、地球という母親のようなシステムに満ちたりていて、なにも不満をいだいていない。ブレザーは、すべてに熱い靄《もや》が重苦しくおおいかぶさっているように感じた。うまく説明できなかったが、そこにはなにかが欠けている。ひょっとすると主体的な大きな力か、あらたな目標、冒険、鮮やかな体験に対する欲求のようなものが。

銀河系船団は数日前にようやくもどったばかりだった。一年半も消息不明だった船団の帰還はセンセーションを巻き起こすような出来ごとのはずだが、テラナーたちは平静だった。年末に予定されている無限アルマダの到着でさえ、百億をこえる地球住民にとって、驚愕するほど重大な意味はないらしい。せいぜいテレビで興味深い番組が連続放映される程度だ。

違う、と、ブレザーは考えた。これは自分が探してきた世界でもなければ、ともに心地よくすごせる者たちでもない。

どんなことが起きたら、地球は目ざめるのだろうか？

そもそも、そんなことが起きるものだろうか？

かれはそれを待つのはいやだった。

「わたしにここにのこってほしければ、きみはあらゆる手だてを使って説得する必要があるぞ」かれはスカウティの手をさらに力強く握った。「だが、そんなことはしてくれないほうがいい」

スカウティがほほえんだ。その視線には、かれへの共感が浮かんでいた。

「どうしたいの？　これからも《ソル》で暮らしていく？」

かれは困ったようなしぐさをした。

「それもいいかな」

「《ソル》はここよりもっとシステム化されているのよ。それを忘れないで。鋼と技術でできた物体でしょう。そのなかでいつまでも心地よくすごせるの？」

「いつまでもじゃない。次にうつるまでのあいだだけだ。いつか探しているものが見つかる。あるいはキルクールにもどることだってあるだろう……」

スカウティは笑った。

「そんなこと、自分でも信じていないでしょう。狩人から宙航士になった……でも、その逆はある?」

ブレザーは嘆息してうなずいた。

「きみのいうとおりだ。いろいろ味わって成長したあとでは、もどることはないな。だがすくなくとも、ここより《ソル》ですごしたほうが快適だということはわかる。船は動いているから。一方、地球での生活は妙に硬直しているように感じる」

「あなたの評価はどちらも極端すぎる気がするわ」と、スカウティ。「まわりからもそれがあなたの特徴だと思われている。でも、わたしは基本的にあなたの判断に賛成よ」

「いいね」かれはにやりとした。「では、われわれの意見は一致というわけだ」

しばらくして、ふたりはうしろを向き、乗ってきたグライダーにゆっくりもどっていった。夕暮れになり、暗くなりはじめた空にはすでに地球の衛星が輝いている。満月だ。

そのルナにある宇宙船ドックに、話題に出た船《ソル》があり、搭載品まで徹底的にオーヴァホールされている。さらに、とっくに旧式になっていたリニア・エンジンは撤去され、かわりにハイパートロップ、グラヴィトラフ貯蔵庫、グリゴロフ・プロジェクターが巨大なマシン・ホールに設置された。このホールは現在のメタグラヴ・エンジンの構成要素だ。LFTの責任者たちは、予告されている無限アルマダの到着までに改修が完了するのを望んだのだが、まだ時間がかかることがすでに予想されている。

そのあいだ、乗員たちは認められた休暇を楽しんでいた。ただ、ひとりだけ《ソル》をはなれるようにいわれても動かない者がいる。スプーディ塊と共生して生きる男、サーフォ・マラガンだ。かれは、この共生で知性が向上し、精神的な範囲が相対的に拡大したと主張した。かわりに、その肉体はますます衰弱している。かれはすでにほとんど自身の幻影のようになっていたが、それでもスプーディからはなれるとはいわなかった。

ブレザーは横から妻を見やり、突然またうしろめたい気分になった。

スカウティは立ちどまり、眉間《みけん》にしわをよせた。

「なにか悩んでいるのね」見ぬくようにいう。「またサーフォのこと？」

ブレザーはとっさに月を仰ぎ見た。

「かれはひとりで、あそこにいる。ともにいるのはスプーディと自身の思考だけ。いったいなにを考えているのだろうか？　ひょっとすると、きみのことかもしれない」

一瞬、スカウティは表情をこわばらせたが、すぐに緊張を解いた。片手をあげてほほえみ、やさしくブレザーに触れた。

「かれはきっとべつのことを心配していると思うわ」

ブレザーがこの件を口に出すときに、彼女がいつもこのようにやさしくふるまうわけではない。しかし、きょうは理解されているとかれは感じた。

「よく思うんだ。サーフォがスプーディに執着するのは、それによってある程度、周囲の世界を忘れられるからじゃないだろうかと」ブレザーは自身の言葉を確認したいかのように真剣にうなずいた。「わかるかい？　つまり、逃避のようなものさ。共生に自身をさらし、本当の感情を放棄しているんだ」

「それでその感情とやらが、わたしに関係していると思うのね？」

「もちろんだ。かれはそれをまったく処理できていない」

スカウティは唇をかみしめた。しだいに不愉快になってきている。

「かれは賢人を引き継がなくてもよかったのよ」彼女は言葉を押しだすようにいった。

「まったく、かかわる必要なんてなかったでしょうに。わたしたちの責任じゃないわ」

かつてサーフォ・マラガンとスカウティは恋人同士だった。彼女には、サーフォがスプーディとの共生を引き受けた理由がわからない。世界からも同胞からも、そして彼女からも、すくなくとも肉体的に隔絶されることになるというのに。クランですごすあいだに、いつしか彼女の感情に変化が生じていた。サーフォに対する理解と好意が消えて、かわりにブレザー・ファドンへの愛情が育まれたのだ。かれとのあいだに子供ができ、この幼いドウクのおかげで、ふたりの絆《きずな》はさらに強まった。

たしかにサーフォはこの展開に気づかず、感情を処理しきれなかったのかもしれない。かつての太った友が恋敵になったのだ。サーフォとブレザーのあいだにきしみが生まれ、たがいにひどく気を使うようになった。そのせいでサーフォはスプーディとの共生にこだわるのかもしれない。ものだろうと人だろうと、あらゆる存在を避けていた。ひょっとすると、自身からも逃げている。

「ときどき、自責の念にかられる」ブレザーはいった。「わたしがなんらかのかたちでかれをいまのようにしむけたのかもしれない。わたしのせいでかれは文字どおり、スプーディにしがみつき、現実に直面するのを避けているんだ」

「いいかげんにして！」スカウティは怒った。「サーフォになにがあったにしても、あるいはなにが起きているにしても、だれのせいでもないのよ。かれは自由人類で、自身に責任を負っている。どうしてそのことで、あなたがくよくよするの！」

かれは腕を引っ張られ、不承不承したがってグライダーのほうに向かった。スタートするときになってようやく、かつての友についての思いは振りはらわれた。すでに暗くなってきた景色を見おろす。幾千もの光が眼下で輝いている。地球の首都の、生気のない冷たいしるしだ。

ブレザーはシートにもたれて深呼吸した。数時間のあいだロボット世話係に託していた息子を、これから迎えにいくのだ。ＬＦＴの宿舎で一夜をすごし、あすはさらに観光する予定でいる。だが、基本的にあらたなものは見られないだろうとすでに確信していた。人類はほとんどどこでも似たようなものだから。

テラニア・シティの空を飛んでいる数分間で、ブレザー・ファドンはとうとう決断した……それは今後ずっと重荷になるにちがいない決断だった。

「ジュリアン・ティフラーがいっていたのだが」かれはようやく言葉を口にし、スカウティもそれを知ることとなった。「アトランがいなくなったいま、《ソル》にはあらたな指揮官が必要だ。ティフから、その任務を負ってくれないかといわれている」

スカウティは冷静な反応を見せた。すくなくとも表向きは。妻を探るように見つめ、やっと理解したようにほほえんだ。

「その役職を引き受けたいのね」

ブレザーは息子ドウクやサーフォのこと、ほかの者たちのことを考えた。地球人類について、キルクールやクランについても思いを馳せる。さらにアルマダ蛮族、カプセル光線族、《トリオ》に乗る友たち、将来のことも。

「そうだ」かれは応じた。「この役職を引き受けようと思う」

*

なぜ、このときのことがちょうどいまわたしの頭をよぎったのか、さっぱりわからない。何カ月も記憶の底で眠っていて、いまはまさに、思いだすにはふさわしくない瞬間だ。あるいは違うのか？　いま、サーフォ・マラガンが隣りでうずくまっている。スプーディ塊がなくなり、肉体的にしっかりして、緊張した面持ちで前方を見つめている。そのこととなにか関係あるのだろうか？

「なにも見えない」大きな双眼鏡を目からはなすと、かれはつぶやいた。「なにも通さないヴェールのようだ」

わたしは額をぬぐった。われわれが選んだ場所は陰になっていたにもかかわらず、汗ばんでいる。

「とにかく進もう」わたしは提案した。「これは明らかにただの光学的現象で、阻《はば》まれることはないだろう」

サーフォはおちつかないように周囲を見まわした。ここが無害な世界だとは、まだ信じていないのだ。木陰を提供している葉の大きな植物をじっくり観察している。一部は二十メートルの高さまで伸びていた。はるか前方では恒星が、草木も生えていない乾いた土地を焦《こ》がしている。大気が地上でゆらめいていた。動いているものはなにもなく、自分たちの荒い呼吸の音以外はなにも聞こえない。無風状態だ。

「そんなことはありえない」サーフォはかぶりを振ってつぶやいた。「いまいましいコスモクラートたちのやることだぞ」

わたしは哄笑《こうしょう》し、見慣れない木二本のあいだをちょうど抜けてきたヘレン・アルメーラに手で合図した。

ヘレンは華奢《きゃしゃ》な体格で、ブロンドの巻き毛にかこまれた顔には、きわめて愛想のない表情が浮かんでいる。彼女はコルヴェット《トリオ》の主要な乗員で、通常は火器管制スタンドで任務についていた。それにもかかわらず、彼女が着陸作戦への参加を強く希望した理由はまったく謎だ。ただなんとなく、サーフォが関係しているようだという疑いが芽生えはじめているが……

「なにもかもしずかだわ」彼女は短く伝え、すぐにサーフォのほうを向いてたずねた。

明らかに先ほどの言葉を聞いていたようだ。「どうして、コスモクラートについて文句をいうの？」

「かれらがわれわれを、植物以外にはなにも生きているものがなさそうな世界に送りこんだからさ」かれは不満を口にした。「いったい、どういうことだ？　こちらの本気度をためすテストか？」

わたしはまた軽く笑った。深淵穴での任務が終了したとたん、〝プシ受信機〟と自称するキューブが《ソル》に呼びかけてきたのだった。キューブのなかに見えたのは、明らかに肉体的にも精神的にも窮地におちいった生物たちで、かれらが囚われているという印象は明白だった……セネカの記憶装置に突然あらわれた座標も、同じくはっきりしていたもの。われわれは自分たちの約束と任務にしたがい、その座標に向けてコースをとり、この奇妙な酸素惑星にやってきたのだ。ただし、そのためにやってきたというのに、窮地で苦しむ者たちはまったく姿を見せていない。

「テスト？」ヘレンは眉間にしわをよせてくりかえした。「そうは思えない。謎は前方のあそこで解明されるわ」

彼女は腕を伸ばし、不可思議な靄のヴェールしか見えなかった方向をさししめした。

周回軌道からすでに、惑星地表に知性体がいないかと痕跡を探していたが、見つからなかった。何度も調査飛行を重ねてそのたびに異なるコースをとったが、結果は得られずじまいで、ただこの靄フィールドだけが注意を引いた。直径が二十キロメートルの釣鐘形のフィールドだ。エネルギー的にはとらえられず、従来の分析システムでも表示できないが、調査が必要だとわたしは考えた。

そのためには着陸しなければならなかった。靄フィールドは目に見えるが計測はできず、この距離ではなにも解き明かせない。サーフォ・マラガンさえもふだんの行動に反して着陸作戦に賛成し、驚くことに自分も《トリオ》に乗りこんだのだった。

かれは変化を望んでいるのだとわたしは思った。長い共生時間が終わり、刺激や肉体を動かすことをもとめているのだ。

「なにをぐずぐずしている？」かれはいった。「あれを近くから観察してみよう！」

わたしは一瞬しかためらわなかった。ずっと背の高い木の陰に身をかくしてそこから靄についてさらに情報を得ようとしていたが、これでは成功の見こみはない。周囲はなにも動きがなくしずかで、危険を恐れる必要はなさそうだ。わたしは短くうなずいた。

「わかった、飛んでいこう」わたしは決断し、セラン防護服のベルトのホルスターに入れた武器の安全装置を念のためはずした。「ヘレン、《トリオ》との通信を常時たもち、万事にそなえて緊急信号をとりきめてくれ。みんな、軽はずみな行動はつつしむように。あたり一帯の平穏な光景はまやかしかもしれない」

「いまいましいコスモクラートめ」サーフォは不機嫌そうになった。「かかわるべきでなかったかもしれない」

わたしはにやりとして防護服の操作を確認した。グラヴォ・パックが作動しはじめる。上昇し、地上数メートルの高さを飛んだ。木陰を出ると、恒星の刺すような光線を顔に感じる。飛行で生じる風だけがひどい熱をやわらげてくれる。その風もやはり熱風ではあったのだが。オーブンのなかを飛行しているのかと、わたしは皮肉に考えた。下の大地は殺風景で乾燥していて、亀裂が縦横にのびている。なぜ自分がヘルメットを閉めておらず、そのことによって安堵を感じるのか、理由はもはやわからない。いずれにしても、ヘレンとサーフォはヘルメットを閉めていた。わたしがオーブンのなかのような熱風の痛みに苦しんで歯を食いしばっている一方、かれらが空調装置の快適な空気の流れを感じて安堵のうめきをもらすのが受信機から聞こえた。

靄フィールドが急速に接近している。かなり近づいているいまでも、計測機器ではまったく確認できない。セランの表示も反応がないままだ。前方には光もエネルギーも熱も冷気もなく、ほとんどあらゆる点においてニュートラルだった。ただ人間の目にだけは、ぼんやりしていて向こうが見通せない霧のようなものが見えるのだ。

その物体の数メートル手前に着地する。恒星の光は容赦なく降りそそぎ、わたしの顔は飛行してきたさいに浴びた熱風でさらに焼けていた。汗が額やこめかみの髪の生えぎわから流れるが、まだヘルメットを閉じる気にはなれない。

「このまま進んでも、なにも起きないだろう」わたしはあえぐようにいった。「あの靄はただ光学的に存在しているだけだ」

「それは軽率よ」ヘレン・アルメーラに注意される。「なにも計測できないからといって、無害ということではないわ」

もちろん、彼女のいうとおりだ。

「《トリオ》はなんと？」わたしは頭をそらし、黒い点を見つけだそうとした。コルヴェットは高度を低くたもって待機しているはず。しかし、恒星の光がまぶしくてなにも見えない。

「無言よ」と、ヘレンは冷静にいった。「向こうもわたしたち同様、抜け目ないというわけね」

「それはいい。こっちの有利になる」

「だが、われわれ、なぜこんなことをしているのだ？」このときサーフォが不満をいいはじめた。「なぜ、引きずりまわされる？　どうして、さっさともどらないのだ？　この世界にはなにもない。それを証明するためのものが必要なのか？　ただの靄フィールド、それだけ。コスモクラートの愚行だ！　知っているか、かれらはわたしを……」

ここでわたしは、かれの言葉をさえぎった。

「サーフォ！　われわれがここにいるのは任務をはたすためだ。助けを乞われ、助けると応じたんだ」

かれは興奮して腕を振りまわした。

「助けが必要だという者の姿が見えるか？　あらためていっておく。コスモクラートの愚行だ！　ここにはなにもない。危機もなければ、援助の必要性もなく、ただ靄があるだけだ。《ソル》はむだな航行をしたな」

これほどかれが興奮する理由がわたしにはわからなかった。サーフォの話は根本的に見当違いだ。靄がどんな類《たぐ》いのものであれ、結果を導きだす前に、近くから確認しなくてはいけないと全員がわかっているのだから。

わたしはなにも応じずに、ゆっくり先に進んで、いった。

「よく観察してみよう」

ヘレンが隣りにならんだが、サーフォは一、二歩うしろにさがっていた。靄には輪郭も条痕もない。ガスでもなく、なにかが濃縮したものでもなかった。どこも一様な灰白色で、きわめて奇妙だった。腕を伸ばせばとどくところまで接近して、わたしはとまった。ヘレンは隣りにいて、サーフォも追いつく。

目をこらして、この灰白色の物体の向こうを見ようとするが、ここまできてもまったく変化はない。ただ熱で輝いているのがわかるだけだ。この熱で呼吸もしだいにつらくなってきている。

腕を伸ばし、指先で靄に触れてみた……そのとたん、冷気が体内に流れこむ。オーブンのような熱にあぶられていたわたしは、自分が音をたてて蒸気になってしまったように感じた。指先から流れこんだ冷気が体をつつみ、奥深くまで入りこみ、熱が消える。額の汗が一瞬で凍りついた。わたしは鋼のハンマーで打たれたかのように感じて完全にやられ、氷のように冷たくなって地面に倒れた。

「いまいましいコスモクラートめ！」サーフォが悪態をつくのが聞こえる。

最後に考えたのは、カルフェシュが《ソル》にあらわれたとき、ほうりだすべきだったということだった。

それから、カルフェシュの姿が見えた。熱で輝き、つづいて凍りついた。

しかし、それは錯覚だ。実際のところはなにもわからなくなっていた。失神してしまったのだ。

2

突然、ソルゴル人は主司令室の中央にいた。

ブレザー・ファドンは背中を向けてすわっていたので、はじめのうちはまったくかれに気づかなかった。

《ソル》は無限アルマダと同時に通常空間に入っていて、次の飛行段階の座標を決めようとしていた。そのさい、コンピュータ間で処理されることになっている課題が重要となる。ブレザーの監視スクリーンでは、セネカとローランドレの計算センターはたがいにコンタクトをとりあっていることがしめされていた。膨大な宇宙船の列のために最適な飛行データを算出するのはきわめて困難な作業で、数学者のチームだったら数日か数週間は要するだろう。コンピュータはすくなくとも適当な時間ではじきだせる。それにもかかわらず、飛行はゆっくりとしか進まなかった。無限アルマダの規模は想像を絶するため、慎重な航法が必要なのだ。

ひょっとすると、この状況下では実際に《ソル》で先発したほうがいいのかもしれない……と、ブレザーは考えていた。

このとき、同僚が驚くような声を出したのに気づいた。隣りにすわっていたがべつの方向を見ていたエルデグ・テラルも、同じように目をひどく大きく見開いた。なにか低くきしむような音がする。耳慣れないが、それと同時にやけになじみのある音だ。

ブレザーは振り返った。警戒して反射的に武器をつかもうとしていた手の動きがとまる。

眼前にいたのは、カルフェシュだった。

驚きのあまり声も出ない。

コスモクラートの使者は印象深い生物だ。身長ほぼ二メートル、痩軀《そうく》だが、肩は大きく張りだしている。藁のような色の顔は、寒いと収縮し暑いと膨張する八角形の皮膚片で構成されていた。幅のひろい顎には唇のない、ちいさい洞穴のように薄暗い開口部があり、そこで食糧をとり言葉を話す。その上には鼻のかわりに呼吸孔があり、ガーゼに似た組織でおおわれていて、呼吸のたびにかさかさときしむような音がした……それがブレザーがたったいま、妙になじみがあると考えた音だった。

しかし、もっとも目立つのはその目だ。じっと動かず、大きく突きだし、深いブルーの輝くビー玉ふたつに似ていて、そこをのぞく者が底なしの湖に沈んでしまうのではないかと思わせる。

しばらくブレザーは相手の目から視線をそらせなかった。しかし、

「カルフェシュ……！」と、ようやく言葉が口からもれた。

「ああ」カルフェシュはいった。「もどってきたのだ」

かつてかれは《ソル》に滞在したことがある。M‐82から銀河系に向かうときのことだ。その後、かれはアトランとジェン・サリクに同行して、深淵への旅がはじまるというコル銀河に向かった。それから姿は確認されておらず、おそらく物質の泉の彼岸に送られたのだと考えられていた。

そのかれがふたたびあらわれたのだ。当人はしごく当然という表情をしている。

「なんの用だ？」ブレザーはいくらか平静さをとりもどしてたずねた。「どこからきた？」

「そんなことは、どうでもいい」カルフェシュは独特の旋律的ないいまわしでいった。

「どちらにしても、きみには理解できないだろう。だが、わたしの望みはすぐに説明できる。きみたちに、ある任務を伝えたいのだ」

「コスモクラートからのものか……」ベッチデ人が推測する。

「ほかにだれからのものがあるというのだ、友よ？」

ブレザーはこの件では、ほとんど感銘も受けなかった。アトランとジェン・サリクも、コスモクラートたちの任務を遂行するため、深淵に入っていったのだ。ふたりは一年半

以上も消息を絶っていて、多くの者がすでに絶命したのではないかと考えている。ほかの任務とくらべることはできないとしても、気分がいいものではない。それどころか、コスモクラートが進化の途上で自分たちの下位にある生物たちに横柄に指示をくだすのは、まさに尊大だとブレザーは感じていた。

「われわれはいま、フロストルービンが本来あった位置に向かっている」ブレザーは無愛想に説明した。「そこで、われらが友のアトランとジェン・サリクがどんな運命にあったのか、情報を得られるといいと思っているんだ。このような状況では、コスモクラートの要求にかまっていられない」

カルフェシュはおもしろがっているような表情をした。

「きみの関心とコスモクラートの関心が今回は同じだということを知ったら、きっとそんな話し方はしないだろう」

いつものようにかれの声は、印象的なやわらかさをもつヒュプノ作用を発していて、ブレザーも完全にはそこから逃れられなかった。

「そうか、わかった」かれは自身をなだめるようにいった。「決断をくだす前に、せめて話は聞こう。ただし《ソルセル》両艦の艦長を無視したくはない。かれらも、この話を知るべきだ」

カルフェシュの反応を待たずにかれは向きを変え、二隻の球型艦と通信をつないだ。

ホログラムが光り輝いて、ＳＺ＝２からサーフォ・マラガン自身が連絡してきた。ジータ・アイヴォリーのほうは非番のようだ。

「どうした？」サーフォはうなるようにいったが、同時に、細面《ほそおもて》に事態を理解したような表情がはしった。視界の範囲にカルフェシュがいるのを見つけ、ソルゴル人の出現の意味をすぐに悟ったようだ。かれは不機嫌そうにいった。「ああ、わかった。カルフェシュか！　いい話をもたらしはしないだろうな」

「それは考え方しだいだ」

「それほどかんたんであればいいのだが！」

「けんかはあとにしてくれ」ブレザーは神経質にいって、《ソルセル＝１》で当直中の者のほうを向いた。「ジータはどこだ？　彼女に用がある」

「わたしでがまんしてくれ」男は気を悪くしたようにいった。「ジータ・アイヴォリーが勤務につくのは二時間後なので」

「船全体にかかわる話なんだ」と、ブレザー。「きわめて重要な決定をくだすために、彼女にはどうしてもここにいてもらわなくては」

「少々大げさでは？」当直員がにやりとする。「あるいは、きみはつねにそのように誇張した話し方をするのか？」

ブレザーはなんとか自制した。

「たのむ、ジータ・アイヴォリーに司令室にきてもらってくれ」

「それは無理だ……」

「なぜだ？　くそ、業務上の指示をもう一度くりかえすが、彼女を連れてこい」

ＳＺ＝１の当直員はようやく状況を把握したようで、その顔に浮かんでいた、にやついた笑みがすぐに消えた。

「わたしの理解が正しければ、目下ジータは手がはなせず、だれも会えないと……」

「どういうことだ？」ブレザーは立腹しはじめた。「《ソル》全体について緊急に決定しなければならないことが生じたら、そのごりっぱな女性も招集に応じなくてはならない！」

「彼女は……寝ているので、おそらく」

「ありえない」ブレザーはうめいてどうにかこらえたが、とうとう癇癪《かんしゃく》を起こした。「もうたくさんだ！　ジータ・アイヴォリーが十分以内にカメラの前で話せるようにならなければ、服従拒否で懲戒手続きを進めるぞ！　これでわかってもらえるといいがな！」

当直員はまた平然とした表情になった。

「そのような耳慣れない言葉をならべられると、話が理解できない。それでも要請にしたがって、ジータに伝えよう」

次の瞬間、映像が消えた。ブレザーは背中をうしろにもたせかけると、シートをすこしまわして、サーフォ・マラガン、カルフェシュ、エルデグ・テラルを順々に見つめた。

「いったい船でなにが起きているのか、だれか説明してくれないか？　ＳＺ＝１の者たちはどうかしてしまったのか？」

エルデグ・テラルは唇をきつく結んだ。

「ひょっとすると、かれらは独自のスタイルをたもっているといえるのかもしれない。すくなくとも、ジータに関係がある者たちは。彼女の無礼な態度が影響しているのだろう。ただし、本当に緊急な内容と、若干の余裕がある内容を区別しているのはたしかだと思う。いま警報を発したら、かれらはいっせいにそろっただろう……ジータが先頭に立って」

ブレザーはなにも応じなかった。もちろんこの操縦士のいうことは正しい。おそらく、自分は緊張してしまい、実際はまったく不必要なことを艦長たちに誇張して伝えたのだろう。それでも、自分の態度に間違いはなかったと断言できる。

二分後、ジータ・アイヴォリーがホログラムに姿をあらわした。髪はいつも以上に乱れ、あてつけがましく船内コンビネーションのいちばん上のボタンをとめている。

「どうしてもじゃまされる必要があったのかしら、まったくわからない」彼女は文句をいった。「どちらにしても、勤務はじきにはじまるのだから。ひとつだけいっておくけど、重要な話でなかったら、わたしの最悪な部分を知ることになるわよ」

ブレザーはあてこすりのようににやりとした。

「じゃまをしたようなら、申しわけない……しかし、緊急に三者会議を要する状況なんだ。悠長に待てなかった！」

ジータの視線から、彼女がまだカルフェシュに気づいていないとわかった。おそらくブレザーの上半身の映像だけが見えていて、そのうしろにいる姿が見えないのだろう。

「どんな状況なの？」ジータが眉をあげる。「それほど重要な話っていうのは……」

ブレザーは腕を軽く動かして話をさえぎった。

「客を紹介しよう」からだを大きくわきにかたむけて視界が開けるようにすると、かれはいった。「充分、重要だろう？」

異人の姿が見えて彼女は目を見開いた。

「カルフェシュ……？」

そのまま彼女はしばらく言葉を失った。

＊

深淵の地のはしに位置する創造の山……それは〝トリイクルナイン9〟の基礎であり、土台部分である。モラルコードでの機能をはたすため、フロストルービンはそこにもどらなくてはいけない。その帰還はとうにはじまっていた。

「〝深淵穴〟というのは、深淵に通じる入口だ」カルフェシュがいった。「それは空虚空間の、数百万年前にトリイクル9のハイパー次元性断層が通常宇宙に突きだしたところにあり、無限アルマダの目的地でもある。深淵穴は通常宇宙の構成要素で、通常宇宙とトリイクル9の本来の位置である深淵とを深淵リフトでつないでいる。アトランとジェン・サリクもこの深淵穴を使用した」

ふたりの名前が出て、ブレザーはぎくりとした。その視線は、ソルゴル人の説明を緊張して聞く濃淡グリーンとエルデグ・テラルに向かい、つづいてサーフォ・マラガンとジータ・アイヴォリーのホログラム映像に向かった。ふたりはめずらしく真剣な表情で、ほとんど言葉も発しない。まるでなにか不気味なものに束縛されているかのようだ。ふたたびカルフェシュに目をやったブレザーも、この生物をかたちづくる謎に満ちた魅力を無視することは、やはりできなかった。

「つづけてくれ！」なにかいわなくてはいけないという欲求を感じて、こう急《せ》きたてた。

「いったい、なにが狙いだ？」

カルフェシュは深呼吸した。呼吸孔から、何千ものちいさい放電があったかのように、きしみ音が響く。

「深淵穴は〝高地〟……つまりわれわれの宇宙と、深淵とをつないでいる」かれはくりかえした。「具体的にいえば、トリイクル9も、その土台に到達するためには深淵穴を通過しなくてはならない」

「それはどんなふうに機能するの？」ジータが突然、質問を発した。

カルフェシュはほとんど硬直したようにすわっていて、きわめて繊細な鉤爪の手だけが緩慢に動いている。

「とにかく機能するのだ」かれは冷静に断言した。「ただ問題は、深淵穴が深淵の地の〝反対側〟の上にあること……映像的にわかりやすくいえば。そこからは都市スタルセンに通じている。だが、われわれが深淵穴を必要とするのは創造の山の上なのだ」

話を聞いている者たちが、説明した関係を具体的に想像できるように、カルフェシュは間をあけた。空間の下の空間というのは、人類の精神では理解しにくい状況だ。それを補完するには、とにかく想像力を働かせないといけない。

「きみたちの任務は、フロストルービン通過のために深淵穴を開くこと」カルフェシュはつづけた。「いいかえれば、創造の山の上に深淵穴を置くことだ。きみたちはコルトランスを経由する道を選ばずに、直接、深淵穴に入ってもらいたい」

「きみたちの任務？」ジータ・アイヴォリーは挑発するような口調でたずねた。「わたしたちの任務とはどういうこと？　だれが決定したの？」

カルフェシュは相いかわらず動かない。

「だれも決定していない。わたしは事情を説明し、実行されるべきことについて話した。任務を遂行するための手段も託す。あとはきみたちの問題だ。やるかやらないか、自分たちで決定しなくてはならない。だれの影響を受けることもない。すくなくとも、強制されるかどうかという意味においては」

ジータは哄笑した。

「とにかくあなたはまじめにいっているのね、ソルゴル人。わたしたちがその意味において影響されないというなら、どんな意味で影響を受けるの？」

「客観的な情報や事実によって」答えがある。「多くは、きみたちにすでに伝えた。さらにもうひとつ。宇宙存続のために、モラルコードの修復は不可欠だ。フロストルービンをもとの場所に固定することに失敗したら、プシオンの二重らせんにおけるこの構成部分に二度とチャンスは訪れず、世界の秩序が永遠に破壊されてしまうだろう。これが一考してもらいたい展望のひとつだ。きみたちの協力と働きによって、今後数十億年にわたる影響が生まれるかもしれない」

それはあまりにも誇張しすぎではないかとブレザーは思った。それでも、自分と《ソル》の乗員にどれだけの責任がかかろうとしているのかは感じとれる。

「だが、失敗するかもしれない」かれは口をはさんだ。「そうしたらどうなる？」

「そうなったら、モラルコードの修復は永久にできなくなる」と、カルフェシュ。「そのときは、最後のチャンスが水泡に帰するということだ」

　このときはじめてサーフォ・マラガンが会話に参加してきた。

「一万名の平凡な人間たちに期待するものとしては、すこし話が大きすぎると思わないか？　そのような重荷をわれわれがになえるものだろうか？」

　声はほとんどかすれていた。唇は乾き、頬もまだなお蒼白で痩《や》せこけている。しかし、かれの言葉にはきわめて重みがあった。カルフェシュの論点に、狂気がひそんでいるのを明らかにしたのだ。

　ソルゴル人は、自分がやりすぎたことに気づいた。かれらを納得させるかわりに、萎縮させてしまった。完璧な使節として、起こしてはならない事態だった。

「誤解しないでほしい」「この作戦が失敗したからといって、だれもきみたちを責めたりはしない。危険は充分に承知のうえだ。とりわけ、混沌の勢力が成功を阻止するためにあらゆる手段をつくそうとするだろうから。いまはとにかくチャンスを用いて、可能なかぎりのことをするのが重要。それが、わたしがコスモクラートからたのまれて伝える願いなのだ」

「それで、どんな作戦になる？」ブレザーが確認した。「手段をわれわれに託すといったが」

　カルフェシュは人間的なしぐさでうなずいた。

「きみたちに〝プシ起爆装置〟をわたす。この機器を深淵穴の底に設置してもらいたいのだ。起爆装置が作動すれば、望みの効果が生じる」

「それほど悪くなさそうだ」と、エルデグ・テラル。

「かんたんには考えないでほしい」ソルゴル人は警告した。「先ほどいったように、混沌の勢力が気を抜くことはないだろう」

「それについては無限アルマダのうしろ楯がある」操縦士が気楽にいった。「その戦力があれば、われわれに問題は起きないだろう」

「いや、きみたちだけで実行するのだ」と、カルフェシュ。「この任務を引き受けたら、できるだけすみやかに作戦を実行しなくてはならない。ぐずぐずしているひまはない。《ソル》は無限アルマダよりもかなり早く目的地に到達できる。そのチャンスを利用しなくてはならない。アルマダよりも先に進むのだ」

「とんでもない！」ジータがまた発言した。「わたしたち、こんな話をどうしておとなしく聞いているの。こちらはアルマダとともにその深淵穴に飛んでいくか、あるいは行かないかよ。危険があまりに大きすぎる。ともかく、自分たちの道を進んだほうがいいはず」

「それについてはすでに充分、話しあっただろう」ブレザーが無愛想にいう。

「明らかに充分ではなかったな！」カルフェシュはSZ＝1艦長のほうをまっすぐ向い

て、「きみはいまなにが問題になっているか、わかっていないようだ。ここでは宇宙的規模の任務について話しあわれている。きみは狭量な考えで、この任務から逃れたいのか？」

「よくわかっているわ！」ジータ・アイヴォリーが憤慨した。「わたしはあなたがいうほど、頭が悪くはない。〝狭量な考え〟ってなんなの？　だいたい、物質の泉の彼岸の連中はなにを考えているの？　わたしたちは、かんたんには打ち負かせない巨大艦隊とともに航行している。それなのに、この庇護を放棄して、全艦隊よりも早く目的地に着けというのね。なんのために？　ひょっとすると数日間は稼げるかもしれない。でも、あなたが好きな宇宙的観点でいうと、そんな時間はごみみたいなものよ。誕生日ケーキについた、ハエの糞一グラムみたいなものね。いっていること、わかるかしら」

「わかるとも」カルフェシュは冷静に応じた。「それでも、きみはものごとを極端に単純化している。これは数日間の問題だけでなく……」

「では、なんなの？」ジータが話をさえぎった。「とにかく、航行計画の変更を正当化するような理由はまったく思いあたらない」

「理由を説明しよう」ソルゴル人がいう。「これまでの話よりも受け入れやすいだろう」

「いよいよクライマックスね」ジータが嘲笑し、カルフェシュの策略を見ぬいていることをしめす。「もちろん最後にそれを持ってくることで、本当に効果を発揮できるというわけよ。さ、どうぞ、洗いざらい吐きだしてみて。期待しているわ」

ブレザー・ファドンはにやりとして、エルデグ・テラルと楽しそうに視線をかわした。ときどきこの女は黄金のような価値を発揮する。

カルフェシュは動じない。

「作戦の目的は説明した」かれはいった。「この任務を引き受けるか否か、どのように進めるかはきみたちしだいだ。しかし、きみたちの仲間ふたりが深淵にとどまっていることを忘れないでほしい。アトランとジェン・サリクの運命はこの任務の成功いかんにかかっているのだ」

＊

「つまり、ふたりはまだ生きているということだ」フリント・ロイセンがまとめた。

「すくなくとも、この問題には答えが出たな」

ヘレン・アルメーラはうなずいたが、そのほほえみは凍りついているようだった。

「カルフェシュに餌《えさ》を投げられ、わたしたちはそれに食いついた。きっとかれは嘘をついてはいないだろうから、アトランとサリクは本当にまだ死んでいなくて、ローダンのヴィジョンが間違いだったということを前提として考えられる。でも、カルフェシュのわたしたちに対する対応は気にいらないわ。かれはある決まった結果に到達するために、的をしぼって自身の知識をくりひろげている」

「まだ成功はしていない」

「どうなるか予想できるわ。だれも責任から逃れられない」

この会話がかわされたのは三時間前……ブレザーがカルフェシュとの対話について、さらに《ソルセル＝1》と《ソルセル＝2》および中央本体の指揮官がまとまった決断をくだすために内部協議に入ったことについて、乗員たちに伝えてからすぐのことだ。ブレザー、ジータ・アイヴォリー、サーフォとのあいだには部分的に著しい意見の相違があり、さらにそれぞれが《ソル》乗員の一定の派閥の支持を受けているのも周知の話だった。かれらはだれもが支持できるような合意に到達するために尽力し、その効果は融和に向かいたいという意志に向けて発揮された。こうして乗員内の対立もおさえられている。

それでもヘレン・アルメーラは、これほど長く話すことがあるのかと考えた。何度もいらいらしながらクロノメーターに目をやるが、ブレザーが姿をあらわさないまま、一刻一刻がゆっくり過ぎていく。どのような決定がくだされなくてはいけないのかという点に疑いの余地はない。なぜ早々に《ソル》が最高速度に入らないのか不思議だ。

「ナコールが了承しないのかしら？」彼女は物思いにふけるようにいった。「つまり、かれは《ソル》が無限アルマダのそばにいることを重要視しているのかもしれない」

「まさか」フリントが、騒々しくクラッカーをかじりながらいった。「アルマダ王子にとってはどっちでもいいことだろう」

「それなら、どうしてこんなに長くかかるの？」ヘレンは嘆息し、目の前のなかば空になったグラスをじっと見つめた。すでに三杯めだ。「ブレザーはここにくるといったわよね。それとも聞き違いだったのかしら？」

「いや、たしかにそういった」フリントはクラッカーを一度に四枚つかんで、口に頰張った。かすがこぼれてテーブルに落ちる。「かれはまだ一度もわれわれをほうっておいたことはないから、きみもじきにかれの姿を拝めるだろう」

ヘレンはグラスをすっかり空にして、給仕ロボットにもう一杯用意するように指示した。つづいて挑発するように話し相手に視線をうつした。

「あなたの言葉をどんなふうに理解すればいいのかしら？　なにか言葉の裏でほのめかしているの？」

「なにもないさ。いったい、なんの話だい？」

「〝わたしがかれの姿を拝める〟というところよ。無邪気なふりをしないで。いったい、なにがいいたいの？」

「口にした言葉どおりだよ」フリントは口をいっぱいにしたまま、にやりとした。「かれの姿を拝めたらうれしいだろう？　きみにとって、かれは特別な存在なんだろう？」

「いいかげんにして！　つまらないことばかりいって、なんになるの？」

かれはまたにやりとして、ほとんど醜いまでの表情になった。フリント・ロイセンは痩軀の骨ばった男で、細面なのに口と鼻がほかの部分にくらべてひどく大きく、バランスの悪い顔をしている。そのため、いま浮かんだ表情はかなり奇妙なものだった。

「いいか、みんなあちこちでこっそりささやいているんだぞ。きみがわれわれのだいじな船長に惚れていると……」

ヘレンは唖然《あぜん》として、あえいだ。

「……で、向こうも同じ気持ちだとな」フリントはクラッカーを食べながらつけくわえた。

彼女は給仕ロボットがさしだしたグラスに手を伸ばして、こっそり周囲を見まわした。このこりのテーブル四つは埋まっていて、ほとんどの客が興奮して話している。この数日間、話の種がつきることがないのだ。フリントの恥知らずな発言を耳にした者はいない。

「なにをいっているの！」ヘレンはささやいた。「本当にばかげているわ！　そんなつくり話、だれが考えだしたの？」

「さあね。だったら、間違っているのか？」

ヘレンはうんざりしたという顔をした。

「あたりまえよ！」

「そうか、それなら気にしなければいい」フリントが助言する。「噂というものは、とにかくあっという間にひろまるんだ。おそらく、ブレザーときみがしょっちゅういっしょに飲んでいるのを見られたんだろう」

「それでも、ばかげている！　だいたい、あなたもいつもいっしょにいるでしょう、違う？　わたしたちは《トリオ》の三人組だと呼ばれているのではないの？　ちょっと、いままであなた、わたしとのあいだになにかあるといわれるのを聞いたことがある？」

「いや、残念ながら、ないな」

「ほらね！　でも、船長のこととなると、みんなすぐに色めいた話にするんだから……ちょっと待って。いま〝残念ながら〟といった……？」

彼女はこの問いかけに対する返答を得られなかった。ブレザー・ファドンがキャビンに入ってきて、すぐに友ふたりを見つけたからだ。かれがふたりとともにすわったため、会話は中断された。

「万事ととのった」ブレザーは息切れしながらいった。ここまでずっと走ってきたようだ。「決定がくだされた」

かれは給仕ロボットに合図をして、同じように飲み物を注文した。ヘレンやフリントが口をはさめないうちに、話をつづける。

「すぐに全体放送でもう一度、同じ話を聞くことになるだろう。わたしはジータとサーフォの説得に成功した。われわれはアルマダをはなれ、目的地に最短で到達できるように出発する。カルフェシュの協力で、すでにもう一度セネカが座標を確認したから、失敗はないだろう。遅くとも二時間後には、すべての機器類がフル作動する」

かれは飲み物をすすり、満足そうにシートにもたれた。

「うまくやったのね？」ヘレンはいった。

ブレザーは眉間にしわをよせた。

「どういうことだ？」

「だれかを説得できるなんて。ともかくあなたはジータとサーフォという、性格と考え方がまったく違うふたりを自分の意見に同意するようにひるがえさせた。それとも殴りあいでもしたのかしら？」

ベッチデ人は笑った。

「ジータはかんたんには折れなかったよ。とうとう最後にあきらめたのは、争いを避けるためさ。反対にサーフォは決心がぐらついていたようだ。衰弱しているせいもしれないが、もっと深い理由があるんだと思う。ともかくかれはわたしの意見にしたがった」

「それはよかった」フリントは一見なにも考えていないようにいい、またクラッカーを食べながら友をじっくり見つめた。「で、ほかにもわれわれにいうことがあるのか？

なにかまだかたづけなくてはいけないことがあって、困っているように見えるが」

ブレザーの表情が晴れ晴れしいものに変わった。長く待ち焦がれていた贈り物をふたりにわたしたいかのような顔だ。

「カルフェシュから、プシ起爆装置をわたされた。これを深淵穴の底に設置しなくてはならない。この作戦のため、機敏な小型艇が必要なんだ。乗員はもちろん完全に信頼できる者たちでないといけない……なにがいいたいか、わかっただろう」

ヘレンはしずかに嘆息した。

「そうだと思ったわ！」

「われわれは《トリオ》でこの特務作戦に向けて飛ぶ」ブレザーが告げた。

フリントは不機嫌にクラッカーを指のあいだで押しつぶした。かれの表情がすべてを物語っている。

「この可能性を考えておくべきだった……」

3

目のくらむような閃光が宇宙空間をはしった。まったく音もなく、閃光は次元をはしからはしまで切り裂き、宇宙を分裂させる。

一瞬、グラヴォ機器類が不安定になった。《ソル》が振動する。濃淡グリーンが短い足で立ちあがったが、突然、この羽根のように軽い生物は司令室をななめに滑っていった。圧縮空気を使って動きを制御しようとするが、うまくいかない。成型シートの背もたれにぶつかり、失神して床に倒れた。

警報が鳴りひびく。宇宙空間ははげしい閃光と滝のような雨に満たされていた。ハイパー走査機の表示が揺れる。エネルギー嵐のなか、乗員へのアナウンスや短い通知や指示が、セネカの冷静な分析にまじって聞こえる。外にあふれるはげしい光に対して、モニターにうつる発光文字は薄く見える。すでにフィルターがカメラの前にスライドされていた。

ブレザー・ファドンはシートの背もたれにしがみつき、上体を前にかたむけて、通常光学スクリーンでなにかわからないかと確認してみたが、むだだった。《ソル》は砂嵐に見舞われたように突然、細かい粒子からなる巨大な雲に捕らえられていた。虚無のなかで吹雪《ふぶき》が発生し、色とりどりのちいさい点が密集して舞い踊りながら、船の被膜を研磨するかのようだ。引っかくような音が《ソル》内部であふれる。

〝ハイパーエネルギー性の放電です〟という文字がスクリーンに浮かぶのをブレザーは確認した。〝船は離脱点で相対的に静止します。回避コースをとるよう推奨します〟

かれの視線が向こうにいる操縦士に向かう。エルデグ・テラルは緊張して集中しているが、実際はほとんどなにもできない。危険な状況下では、船の制御は自動操縦にまかせるのがもっとも有効だ。

「回避コースを確認」エルデグ・テラルは決断した。「相対的静止はこの現象の外側に出てからだ！」

ブレザーが濃淡グリーンを見ると、彼女はまた立ちあがり、かれのほうに向かって浮遊してきた。

「しっかりつかまっていたほうがいい」かれは呼びかけた。「もっとひどくなるかもしれない。からだをどこかに縛っておいたほうがいいんじゃないか」

「心配しないで、友よ。いざとなれば、わたしはものすごく頑丈だから」

彼女はかれの隣りのあいたシートに腰をおろし、自身の風変わりなからだでできるだけ居心地のいい体勢になる。エネルギー製の安全装置が閉まった。

《ソル》はハイパーエネルギー放電の嵐のなか、探知も防御もできないまま、ふらつきながら進む。セネカの自動装置はバリアの作動をあきらめた。

〝エネルギーの種類は正確に特定できません。HÜあるいはパラトロン・フィールドと相互作用するため、バリアは展開しません！〟

「復唱する！」ブレザーは大声《たけ》でいった。「バリアは展開しない！」

外ではさらに嵐が猛り狂い、虚空に雨が降りすさび、種類の判別できないハイパーエネルギーが乱れ飛ぶ。閃光が色鮮やかな氷の嵐を貫き、粒子を引き裂き、さらにはげしくかき乱した。《ソル》はセネカの操縦で中程度の速度で進んだ。

すでに警報は鳴りやんでいる。それでもまだなお計測機器は、ここの未知の現象で飛びから大量のハイパーエネルギーを記録していた。

ブレザーは数値やコンピュータの通知を確認しながら、考えた。深淵穴はこの宙域にあるはずだ。空間の下にある空間、深淵への謎めいた出入口。この現象はそれとなにか関係があるのだろうか？　混沌の勢力がすでに動きはじめたのか？　あるいはこの嵐は、たんにふつうでない物体における通常の特性のひとつなのだろうか？

いずれについてもカルフェシュはなにも明かさず、《ソル》からふたたび姿を消した。かれはただ、ほんのわずかなことをほのめかしただけだ。この現象はそれにあてはまるものなのだろうか。それはみずから究明しなくてはならないのだろう。

ブレザーは同僚たちの引きつった顔を見つめた。そこにはこの数週間のつらい経験があらわれていた。かれらは長大な距離をまさに一度の大胆な航行で乗りこえてきたのだ。かれらには休息が認められるべきだった。

ただひとりサーフォ・マラガンは、出発時よりも健康で苦難に耐えられるように見える。司令室のホログラムにうつしだされたその顔は、すっかり回復しているようだ。スプーディによって引き起こされた衰弱を明らかに克服できたのだろう。ブレザーに見られているのに気づくと、サーフォは報告をしなくてはいけないと感じたらしく、

「SZ＝2は異状なし」と、コンソールを一瞥《いちべつ》して伝える。

ブレザーはうなずいて謝意をしめした。火花が雨のごとく降りつづいていて、意味のある言葉をかわすのはむずかしかったのだ。セネカでさえ、なにかを伝える必要があるときは、引きつづき文字を使っている。モニターに光る記号が、高性能の生体ポジトロニクスの思考や分析を伝えてくる。

〝極端なはげしさはおさまってきました〟という文字が見えた。〝しかし、船はまだ危険領域を脱していません〟

ブレザーはおちつかない気分だ。正直なところ、不安を感じていた。かれらは防御フィールドも作動できないまま、ハイパーエネルギーの暴風のなかを船で移動している。

〝バリアは展開しません〟というのが、慎重な計算のあとに述べたセネカの忠告だった。おそらくただひとつ正しいのは、危険が高まっているということだ。

ジータ・アイヴォリーはどう考えているのだろうか？　その表情はほとんどなにも語っていない。疲れきった顔をしている。髪はいつものことだが乱れていて、彼女自身のように強情だ。目はくまで縁どられ、まぶたは重そうで……いつもと違って、考えを心の内にしまっている。めずらしいことだと、ブレザーは考えた。SZ＝1からの発言がない。沈黙する女艦長の姿があるだけだ。

一度だけ、ジータはなにかを思いついたような表情になった。

「《ソル》を分離して、それぞれ単独行動したほうがいいんじゃないかしら」

セネカはこの質問を理解し、一瞬で計算結果を出した。

ブレザーはわきのモニターを見やった。

〝だめです〟

「だめだ」かれはいった。「《ソル》は分離しない。すべてが思い違いでなければ、われわれはすぐに危険領域を脱する」

SZ＝1からの発言はなかった。外では非現実的な氷の嵐のなかをまぶしい閃光がはしり、色鮮やかに渦巻く粒子のあいだで宇宙空間の闇がしだいに膨《ふく》らんでいった。ハイパー走査機の表示が低い値におちつき、打ちつける音がやんでくる。

思わずブレザーはほっと息をついた。《ソル》は本当に嵐を抜けだしたのだ。

「やったぞ！」エルデグ・テラルが声を発した。「最悪の事態は脱した」

「だといいが」ＳＺ＝２のサーフォが悲観的にいう。「ぬかよろこびはしたくない」

濃淡グリーンが触腕を大きく振った。

「深淵穴です！」

彼女はスクリーンをさししめした。三次元で回転するグラフィック映像が深皿状のものをうつしている。しずかになった火花の雨のあいだで、走査機と探知機がこの奇妙な物体を描きだしていた。どこまでもグレイの色をして、中程度の惑星ほどの大きさで、幅一キロメートルほどの周縁部がある……

ブレザーは息をのんだ。カルフェシュの話を聞いていたので冷静でいなくてはならないはずだったが、現実はどんなにリアルな説明をもはるかに凌駕《りょうが》していた。これを理解しようとする前に、あらためて映像のサイズを比較する。

《ソル》は、とうとうハイパーエネルギー放電の領域から脱出していた。衝突して渦巻く火花の雨と多次元性の閃光フィールドが後退し、パノラマ・スクリーンではっきり区切られた領域としてうつしだされている。未知のエネルギー形態の、通常の光学映像だ。

「船は深皿状天体の自転軸に相対して〇・九度の位置にあります」セネカが伝えた。

騒々しい嵐がおさまったので、また音声で意思疎通している。「この天体がおそらく深淵穴でしょう。ほかの物体は検出できません」

「おそらく?」ブレザーはおもしろそうにくりかえした。「おそらくとはどういうことだ? もちろん、深淵穴だろう」

「もし想定するとしても、百パーセントの確率というのはめったにないものです」セネカがさとす。「今回のケースでは九十九・九九八パーセントという数字が出ました。ですから、いま目にしているのは〝おそらく〟深淵穴です」

ジータ・アイヴォリーは主司令室と引きつづき通信でつながっていたが、よく知られた自身の気質を思いだしたようだ。セネカの教師然とした細かい言葉にいらだっている……あるいは、膨れあがった緊張やつらい不安のはけ口をもとめたのか?

「ずる賢いのね!」彼女はいきりたった。「あなたが計算脳でなければ、役人と名づけるところだわ。九十九・九九八パーセントって、把握できるものなの? あそこに見えるのは深淵穴、ほかになにかある? おまけに、作戦を急いでいるというのに、どうしてなにもしないの?」

「あの物体に慎重に近づこう」ブレザーは彼女の発言には乗らずに、うなずいた。「周囲につねに注意を向けるんだ。なにか気づいたら、すぐに主司令室に通達すること。われわれが相手にするのはハイパー現象で、混沌の勢力が介入してくる恐れもある。充分に警戒するんだ! 起爆装置は深淵穴の底に設置しなくてはならない。したがって、もう《トリオ》は出動態勢をととのえろ。すぐにスタートするぞ」

「まったくいやな感じだ」エルデグ・テラルがうなる。

ブレザーは、自身も似たような気分だと認めた。いま巨大なエネルギーの影響を受ける範囲から逃れたばかりなのに、この宙域ではなにが待ち受けているのだろうか？

返信メッセージを待つ。セネカの受領確認応答はすぐにきて、そのわずか数秒後にコルヴェットの出動準備がととのったとの合図が発せられた。《ソル》は航行を開始し、火花の雨の領域を大きく回避して、惑星大の深皿にコースをとった。

しかし、その前に警報が鳴った。ブレザーは感電したかのようにぎくりとした。はげしい衝撃の反響が船内に響きわたる。

「未知物体と衝突しました」セネカが伝える。「どこからきたのかは不明です」

グラヴォ機器類が衝撃を食いとめ、乗員たちはなにも気づかなかった。ただコンソールの表示だけがこの事故をしめしている。

〝《ソル》中央本体、第十八デッキで衝突発生。圧力低下……〟

セネカは非常プログラムを実行した。危険にさらされた区域のハッチを閉めていく。危機におちいった者たちを救うために医療ロボットが散開した。耐圧・耐冷性の特殊フォリオがひろがってちいさい隙間をふさぎ、修復部隊が到着するまで最悪な事態を防げるように応急処置をほどこす。

「状況はコントロール下にある。緊急の危機はない。未知物体の出どころは引きつづき不明。HÜバリアを作動せよ。パラトロン・バリアは待機」

ブレザーはそう指示すると、走査機の数値をチェックした。《ソル》が衝突した物体は明確にきわだっている。直径およそ四十メートルの物質塊だ。さっき、ここには分子一個のサイズをこえる大きさのものはなにもないと証明されたところに、突然あらわれたのだ。

偽装した宇宙船かもしれないという思いがベッチデ人の頭をよぎる……混沌の勢力が攻撃に転じたという説明のほうがまだ当然に思えた。しかし、それは証明されていない。探知機器はなにもうつさない。明らかに生命のない岩塊で、不可解な理由により、虚無から出現していた。

さらなるハイパーエネルギー現象なのか？

「HÜバリアをあと数秒、早く作動させていたら、衝突事故は避けられたでしょう」濃淡グリーンがこのときいった。「あなたのことを批判しているわけではありませんが、ブレザー、安全策をとり、念のためパラトロン・バリアの作動をおすすめします」

「原則的にはあなたのいうとおりだ」と、ベッチデ人。「しかし、疑念を感じる。明らかにここでは、未知のハイパーエネルギー活動によってしか説明できないことが進行している。相互作用が生じる危険は今後も大きい」

「わたしが確認したとおりです」セネカがいいそえた。

次の瞬間、たてつづけに事件が起きた。警報があらためて響きわたる。驚きの悲鳴があがった。ブレザーの目に、巨大な影が船の上を滑り、宇宙空間の漆黒の闇のなかを動くのが見えた。大陸に比する大きさだ。表示では、そのわきに細かい物体がさらにあらわれていたが、ほとんどがHÜバリアのグリーンのはげしい炎のなかに消えていった。しかし、大陸は……この信じがたい物質塊は、のこっている。

セネカが自己判断でコンピュータの速度で反応した。エンジンが炎を噴き、船をコースから大きくはずす。《ソル》が狂気じみた動きで避けたとき、影はななめに傾いた。燃え盛る火花の雨がカメラの前にあらわれ、次の瞬間、わきに流れた。船は宇宙空間を大きく横揺れしながら進んでいるにちがいないと、ブレザーは考えた。それほど受ける感覚がすばやく変わっていく。

しかし、危険はすでに消え去っていた。セネカがコースを安定させ、船はまたしずかになる。影の大陸はどこかに姿をくらました。すくなくとも目ではとらえられない。反対に、計測機器はあちこちの宙域でハイパーエネルギー活動を記録していた。質量走査機のスクリーンにはさまざまな大きさのあらたな瓦礫《がれき》塊があらわれつづける。おそらく、惑星の破片が屑となったものだろう。

ブレザーは胸を締めつけられるような気がした。無数の物質塊が、深淵穴の周囲で物質化しているのだ。

＊

最近まで《ソル》は未完成な断片にすぎず、ルナの乾ドックに収容された鋼の骨組みでしかなかった……解体され、死んだも同然だった。やがてそれぞれのセルで、搭載艦艇で、旧来のリニア・エンジンから新しいメタグラヴ・エンジンへの換装が着々と進む。労力のかかる作業だったが、運搬船とその部隊の働きにより作業速度があがり、作業範囲が増えていった。

ブレザーは作業の進行ぐあいを調べるために何度かルナに通った。《ソル》の〝建設現場〟に入り、開いた損傷部分を通して搬送準備のととのった鋼の部品を見るたび、心が痛んだもの。

《ソル》はかれにとってすでに、安心感をあたえてくれるあらたな故郷であり友であることを、ますます実感していた。ときには船を物体ではなく生物、有機体のように思っていることにも気づいていた。

その友が手術台に乗っている。なんと不気味なイメージだろうか。

装備の変更は当初に考えられていたよりも長くつづき、無限アルマダは銀河ウエストサイドの向こう側の空虚空間にとうに到着していた。カッツェンカットがペリー・ローダンの誘拐に成功し、エレメントの十戒との対決は目立って拡大している。この状況で《ソル》はあらたな技術を積んで初飛行をすることになるだろう……かれ、ブレザー・ファドンが今後、この船を指揮するのだ。

グライダーのガラスごしに外を眺めていると、奇妙な感覚をおぼえた。地球がグライダーの向こうに沈んでいく。宇宙空間の暗闇のなかに浮かぶ青い惑星は祖先たちの世界だが、故郷でも未来でもない。無数の惑星のひとつでしかなく……かれにはまったく温かみの感じられないものだ。ブレザーは緊張して、鋼のダンベル船が視野のなかにゆっくり移動してくるのを待った。《ソル》はオーヴァホールされ、いまは月の周回軌道に入っている。

「どうかしてしまったのね。どうしてほかのみんなのように転送機を使わないの？」

この言葉を発したのは、スカウティだった。船にわたるためにグライダーを借りると知らせたときのことだ。

それに対してかれはこう答えた。

「ダンベル船を見たいから。宇宙空間のなかでどんなふうに浮遊しているのか、全体のスケールを見たいんだ。わかるかい？」

いや、スカウティにはわからなかった。すくなくともこの瞬間は。いまは息子を腕にかかえ、最後の正式な手続きを終えたばかりで、あらたな友たちから別れを告げられ、ようやく建てられたテントがまた撤去され、急《せ》かされ、神経質になってストレスを感じている。スタートまで二時間しかない。いまはたしかに、ブレザーの感傷につきあう気分ではなかった。

かれは自分の計画を貫いた……まさにスカウティと同じで、説得されたりしなかったのだ。それでもかれはグライダー内で唯一の客ではなかった。ヘレン・アルメーラが仲間になっている。彼女の動機はかれと似たようなもので、最後にさらに濃淡グリーンがくわわった。

ブレザーは宇宙空間の深みに輝く星々を見つめた。光るダイヤモンドでおおわれた漆黒の絨毯《じゅうたん》のようだ。かれやほかの数千の者たちを引きつける星々の無言の呼びかけは、地球の単調な歌以上のものがあることを約束している。ベッチデ人は天の川の銀色の帯を目で追った……つづいて《ソル》が視野に滑りこんできた。

この瞬間をかれは待っていたのだが、それでも一瞬、驚きを感じた。全長六・五キロメートル、三つの部分で構成されたダンベル形だ。ふたつの球状部とシリンダー状の中央部分でできていて、シフト、スペース＝ジェット、ライトニング戦闘機、コルヴェット、軽巡洋艦を搭載し、銀河系の最新技術による機器を装備している……それが新生《ソル》だった。インケロニウム＝テルコニット合金製の外被は降り注《そそ》ぐ陽光をほとんど反射せず、そのためまぶしさを感じさせない。船は、とほうもないバッテリーのついた投光装置で照らされているようで、まるで客を感動させる展示品であるかのようだ。ブレザーはいつでも記憶のなかから呼び起こせるように、この光景を心に文字どおり刻みこんだ。かれの友であるこの船は手術をうまく乗りこえ、華麗に復帰したのだ。巨大な文字の書体までも新しくされ、宇宙空間の暗闇に光り輝き、《ソル》の名を知らせている。

しかし、かれはこの光景にひかれながらも、なんとか気持ちを切りかえた。すでにグライダーはSZ＝2の誘導ビームに乗って動いている。巨大船がどんどん接近してきて、やがてSZ＝1の球体が視界から消え、シリンダー状の中央本体が眼前にそびえて、SZ＝2の外被がこえられない壁のようになる。ちいさく光る開口部ができて、グライダーはそこに吸いこまれた。つづいてハッチが閉じて、呼吸のための空気が流れてきた。

ブレザーはため息をつき、シートから鈍重に立ちあがって、いった。

「おそらくわれわれが最後だな。だが、この楽しみをかんたんに奪われたくなかった」

「美しい光景だったわね」ヘレンがうなずく。「報われたわ」

一行はグライダーをはなれて、内側エアロックを通過した。すぐにエアロックが背後で閉じて、借りたグライダーは自動的に地球への帰還飛行に入った。

《ソル＝2》内部での移動には皿状飛翔機の一機を使った。これは、宇宙の大巨人のような船のなかの長大な距離を高速でこえるために、転送機とならんで不可欠なものだ。ブレザーは目的地を司令室にセットして、吹きつける風を耳もとで受けた。

まったく、と、かれは考えた。地上にいるよりもここ上空で鋼の壁にはさまれていたほうが気分がいい。自然のなかにいるよりも、この人工的な世界にいるほうがいいのだ。また同時に、テラの人類のなかにいるよりも、《ソル》の乗員たちとすごすほうが心地よかった。

おそらく、そこが違いを生んでいるのだろう。

飛翔機は司令室の出入口付近で停止した。ブレザーは複雑な気持ちで、ヘレン・アルメーラと濃淡グリーンとともにひろい円形のキャビンに歩み入った。機会をとらえて、友の……いや、かつての友といったほうがいいだろうか？……サーフォ・マラガンに会い、ふた言み言、言葉をかわしたいと思っていた。しかし、自分が正しい行動をとれているのか、自信がなくなってきている。ふたりのあいだでもめごとになる可能性は大きい。

サーフォ・マラガンは身じろぎもせずに、艦長席にすわっていた。額から共生チューブがのびていて、その先端には天井の下でうごめくスプーディ塊がある。この光景にブレザーはぞっとした。見ると、サーフォの席からわずか数メートルのところに医療ロボット三体が待機している。しきりにヴィデオ通話がかわされ、ブレザーたちはまったく気づかれていない。スプーディが自分を完全に破壊してしまうという緊急事態にそなえて、サーフォ自身がロボットをここに呼んだのだろう。口にしていたよりも、自分の抵抗力を信じていないのだ。

　ブレザーが令スタンドに近よったとき、同行者二名がなにもいわれなくてもその場にとどまったことに感謝した。サーフォは近づくブレザーを沈んだ目で見つめ、乾いた唇でほほえんでいる。頬がこけて頬骨が浮きだしているのが目立つ。

　ふたりはたがいに手をさしだした。その動きは奇妙で、ブレザー・ファドンとサーフォ・マラガンのあいだの友情と、解決することのない対立が同時にあらわれていた。ブレザーはおちつかない気分のまま、自分の前にスカウティが愛していた男に挨拶した。その愛情はまだ完全には消えていない。そして、サーフォは？　かれが挨拶したのは、もっともたいせつな存在を奪った相手なのだろうか？

「あらためてまた個人的に会うことになったな」

　ブレザーの言葉は空虚に響き、しかもきまり文句でしかなかった。

　サーフォの微笑に変化はない。はじめにこうたずねた。

「ちびのドウクのようすはどうだ？」

「りっぱにやっている」ブレザーはしぶしぶ答えた。「われわれをとても楽しませてくれるよ。だが、わたしは家族の話をするためにここにきたわけじゃない」

「では、なんのためだ？」サーフォは額から上にのびるチューブをつかみ、軽く揺らした。それによって、スプーディ塊のなかでうごめく動きが強くなったようだ。「これのためか？」

「それもある」ブレザーはうなずいた。「きみのことが心配なのだ。きみと会えた者はみな同じ気持ちだよ。明らかにきみはただひとり、自身が衰弱しているのに気づいていない」

「そしてただひとり、それを判断できるのだ」サーフォが反撃する。「スプーディと共生することがどんなものか、きみたちになにがわかる。きみの頬が膨らんでいようがいまいが、それは外見の問題にすぎない。どうでもいいことだと思うだろう？　それに、きみがわたしを心配しているというのも信じられない。アトランがわたしの健康状態をとがめたときには信用できたが、きみはこのチューブがまだつながっているか、たしかめたいだけのように見える……いつかわたしがスカウティのそばにあらわれないように」

その話しぶりは冷静で、まったく攻撃的ではなかったが、ブレザーは言葉のひとつひとつで鞭《むち》打たれるような感じがした。

「なんとばかなことを！」ブレザーははげしくいった。「わたしにいわせるなら、きみはスプーディからはなれるべきだ。あすを待たずにきょうにでも。スプーディはきみを滅ぼしてしまう！　それがようやくわかれば、われわれはまた前進できるだろう」

「なにを気にしている？　なにを考えている？」

「正直にいうが、なにも考えていない……よりによって精神を操られている者がSZ＝2を指揮するという考えが気にいらないのは、認めなくてはならないが」

「わたしは自身の意志を制御している」サーフォは強くいった。「今後もそれは変わらないし、世界じゅうのスプーディ塊も手だしはできない。さらに、きみは、船内にのこるというわたしの決断についても、事情についても、同じようにわかっているだろう。だれもきみに、《ソル》全体を指揮するようにと押しつけているわけではない」

ブレザーはあきらめたようなしぐさをした。

「きみが理性的になってくれるのではないかと思っていたんだが。どう見ても、そんな状態ではないようだ」

「理性というのは主観的なものだ、それをけっして忘れてはならない」

ふたりはなにか判断するように考えこんで長いあいだ見つめあったが、とうとうブレザーが口を開いた。

「きみがスプーディからはなれたくない理由を説明しよう。自分自身に不安を感じているからだ。共生に縛られているあいだ、きみは自身の生命に対する責任を逃れられる。

アトランの地位だった賢人の役割と、それとともにスプーディを引き受けたことを、失敗だったとは認めたくはないだろう。自身を過信していて、個人的なものもふくめた後始末ができないこともだ」

「スカウティのことをいっているのだな？」

こわばった声だった。怒りとうんざりしたような傲慢さがまじっている。

「ほかの件もある」ブレザーは話をそらした。「事実、きみはスプーディを引き受けられるほど成熟していないのだ……そんなことができる乗員はだれもいない！　だがきみはただひとり、それを欠陥とみなしている。誤りを修正する勇気すらない」

サーフォは黙っていた。自身の意見を変えたいと考えているようにはまったく見えない。この場合、無視することもひとつの意味を持っている。

ブレザーはうしろを向いた。足を踏みだす前にもう一度、肩ごしに振り返った。

「よく考えてみてくれ」なだめるように呼びかける。「わたしが必要になったら連絡してほしい」

またサーフォはなにも反応を見せなかった。やつれて疲れきり、弱々しくシートにすわっている。スプーディにエネルギーを吸いとられている証拠だ。反対に、精神の働きは疑いの余地なく活発になっている。

ブレザーは濃淡グリーンとヘレン・アルメーラとともに司令室を出た。《ソル》中央本体への移動には乗り物を使う気持ちにならず、三名は転送室に向かった。

「かれはひどく孤独なのね」途中でヘレンがいった。「内心ではどんなことを考えているのか知りたいわ」

「それはだれもが同じだ」ブレザーが応じる。「だが、かれはだれにも自分の本心を見せない。なぜ、かれが孤独だなどと思うんだ？　ひょっとすると実際は快適なのかもしれない。いつも本人がそう主張しているように」

「ふたりで話しているあいだ、わたしはサーフォを観察していました。かれはたしかに孤独です。自分が面倒をみる仲間はスプーディなのですから」

ブレザーは背筋に寒けがはしるのを感じた。かれとサーフォは友だった……しかしいま、ふたりのあいだには大きな隔たりがある。かれの訪問に対するサーフォの反応は、それをはっきりしめしていた。

「あの生き方はだれに強制されたものでもない」ブレザーは冷たくいった。「かれが孤独なのだとしたら、それはひとえにかれが頑固なせいだ」

心の奥底では、ほかに理由があるとわかっていた。自分とスカウティにまつわる理由……さらに、アトランという偉大な模範と関係がある。しかし、それをブレザーが口にすることはなかった。それは他者には関係のないことがらなのだ。

この会話を個人的なものから哲学的な次元に引きあげる役は、カプセル光線族の濃淡グリーンがになった。

「孤独！」彼女は冷静にいった。「それはいったいどんなものです？　考える者それぞれによって違うのでは？　われわれ全員が孤独ではないでしょうか……なんらかのかたちで」

このときブレザーは、自分にとっては価値があるとはほとんど感じられない地球や人類のことを考えた。そして、いまはわが家のように感じる《ソル》のこと、さらに故郷のキルクール、自分の種族のベッチデ人のことを。

「そうだな」と、応じてうなずいた。

＊

気絶から目をさましたときに感じるのは、ひょっとすると孤独のようなものかもしれない。ごく最初の瞬間、自分はたったひとりでいて、目ざめて思考しはじめたことにだれも気づいていないと感じる。この時間を楽しみ、しばらくほうっておいてもらえることをうれしく思うかもしれないが、目を開いて生きることへの帰還を完全にはたし、復活がだれにとってもわかるようになったとき、その状況はすぐに終了させられる。

二番めの状況によってわたしが目ざめたのは、よく考えたすえの結果というよりも、ついさっき意識した体験が急速に記憶に押しよせてきたという事実のためだった。額に汗が浮かび、熱で視界に靄がかかったようだ。寒けが指先から全身にはしって、脳を激痛が襲い、あらゆる思考が停止する。

わたしは目を開き、医療機器やロボットにかこまれているのを知った。注射ピストルのかすかな音とおさえた会話……ふたたび《トリオ》か《ソル》の内部にいる。だが、一瞥しただけではどちらなのかわからない。いずれにしても危険は遠ざかったようだ。

「ブレザー！」

ヘレン・アルメーラの声だ。はじめの瞬間、すぐに目を開けなければよかったとわたしは思った。こんな考え方がよくないのはわかっている。なにしろ彼女がわたしの世話をしてくれ、いまの声から、わたしが意識をとりもどしたことで彼女がどれだけ安堵したかわかるからだ。しかし、この瞬間、わたしはとにかく自分がまだ生きていることがうれしくて、この気持ちをだれとも分かちあいたくなかった。

頭を反対側にまわすと、サーフォ・マラガンとスカウティもそこにいた。スカウティの隣りにわれわれの幼い息子のドウクがいる。ただしこちらは、わたしというよりも、母親のスカートの縁どりに興味があるようだ。

「大丈夫か、ブレザー？」

サーフォがそういったが、どこか奇妙に感じる。まるで、かれがスカウティと恋愛関係になったことがなく、スプーディとの共生もまったくなかったみたいに。なにもかも以前どおりで、われわれが友としてともにキルクールで狩りをしていたころと変わらないかのようだ。ひょっとすると、ヘレンが一枚かんでいるのかもしれない。彼女とサーフォがたがいに好意をいだいていて、しかもそれはたんなる同僚としての感情ではないという予感が、わたしのなかでますます膨らむ。

「大丈夫だ」わたしは短く答え、脚を寝台のへりから大きく出した。おかしなことに、まったくからだが弱った感じがしない。医療チームの者から処方された薬が効果を発揮したおかげだろう。「なにか変わったことは？」

わたしがこうしてすぐに本題に入ったため、訪問者たちは驚いたようだった。しかし、今回の冷感体験によって、われわれに突きつけられた問題の解決にはスピードがもとめられると思ったのだ。一分もむだにしたくない。

「なにもかも、もとのままよ」わたしが急いでいるのに合わせて最初に話したのはヘレンだった。「新しいことはなにもないわ……あなたが靄と接触して失神したこと以外は」

「あれは冷気ショックのようだった」わたしはうなずいた。「凍りつくかと思った。ぞっとする感覚だったよ」

その体験を思いだすと、あらためてまた背中を寒けがはしった。思わず身震いする。ヘレンが急に考えこむような表情になった。眉間にしわをよせてわたしをじっと見つめている。

「冷気ショック？」自分の疑念を口に出すのが正しいかどうかわからないように、ゆっくりいう。「なにか冷気エレメントと関係しているのかしら？　あるいはマイナス宇宙と？　そこに手がかりがあるの？」

「いや」わたしは断言した。冷気エレメントやマイナス宇宙について知ったことすべてを考えると、銀河イーストサイドでのあの恐ろしい出来ごとがあったあとは、その可能性はまったくないように思える。「あの冷気はわたしの主観的な感覚で、それ以上ものではなかった。肉体が熱を持ちすぎていたせいではないかと思う。わたしはヘルメットを閉めておらず、フライパンで熱せられているかのようだったから」

ヘレンは唇をきつく結んだ。あっさり自分の考えをわきに押しやりたくないのだ。

「セネカにたずねるべきよ」彼女は提案した。

「わたしも同じ意見だ」サーフォが支持するようにいう。「コンピュータの分析のほうが、個人的な感覚から生まれた判断よりもやはり受け入れられる」

「了解した」わたしはいった。「ひょっとすると、靄のバリアを打ち破る方法をセネカが教えてくれるかもしれない。そうしなくてはいけないということに、もはや疑いの余地はないだろう」

サーフォはすぐに反応した。もちろん、いまの言葉が自分に向けられたことをわかっているのだ。

「すくなくともわたしは、まだ疑っている」かれは強調した。「わたしはいまなお、われわれが直面しているのは、コスモクラートのいまいましいテストだと考えている。かれらはわれわれがあらたな任務をいかに真剣にとらえているのか知りたいのだ。あの下に生物はいないと思う。動物を一匹でも見たか？　この惑星全体に動物相はまったく存在しない。なのに、よりによって靄のなかでだれかが助けを待っているだって？　まったくばかげているし、グロテスクだ。ひどい冗談だよ！」

「本当に冗談だったらいいのだがな！」わたしは嘆息した。「靄は現実だ。未知のエネルギー形態で、われわれの機器では把握できないが、それでも現実なんだよ。その向こうか内部になにかがかくれていて……それがわれわれの助けをもとめている。だから、靄を打ち破るために全力を注がなくては」

　サーフォがさらに異議を唱えようとしたが、今回わたしはかれに口を開かせなかった。

「きみがそれほど疑っているのなら、われわれ、ためしてみよう！　あそこでなにが起きているのか確認できたら、引きあげる」

「コスモクラートのテストだ！」サーフォは憤慨してくりかえした。「わたしが保証する」

「もしそうだとしても」わたしはどなりつけるようにいった。「わたしはそのテストに打ち勝つつもりだ」

　サーフォがこれほど不機嫌な理由は、なんとなくだが思いあたる。アトランから賢人の役目を引き受けた当時、かれもある意味でコスモクラートの任務を引き受けたのだ。かれはいつも、スプーディとの共生で知性が高められたといい、みずからの意志でスプーディを受け入れたと主張していた。しかし、かれは実際は……いまやわたしは、これまで以上に確信しているのだが……極小マシンの集団の支配下にあったのだ。

それを証明することはできないし、サーフォ自身は力強く否定している。しかし、もしそうだったとするなら、かれはコスモクラートに対してひどい不信感をいだいているにちがいない。こう考えると、かれの反応は理解できる。

出入口のほうを向こうとしたとき、スカウティがおさえながらも笑みを浮かべているのに気づいた。われわれの息子のドウクが、スカウティに手をとられたまま、大きな目で問いかけるようにわたしを見あげている。わたしは笑い、息子の頭をなでた。

「おまえたちのことを忘れるところだったな？　熱中してしまって、見すごしそうだったよ」

スカウティのほほえみが満面の笑みに変わった。わたしはその頬に軽くキスをした。実際、それ以上の時間はのこっていなかった。悪く思われることはないだろう。ひとつのことがらに没頭すると、いつも人づきあいがおざなりになってしまう。彼女はそのこともふくめて、わたしをよく理解してくれている。

ここが《ソル》であるのは、すでにはっきりしていた。《トリオ》は周回軌道をはなれて母船にもどっている。わたしは最短経路で主司令室に向かった。急がないと救援活動が手遅れになってしまうのではないかという不安が心のなかで膨らむ。だれを助けるのか、いまだにわかっていないのだが。可能であればこの作戦の中止を願っているサーフォ・マラガンは、わたしの隣りにいる。あとでSZ＝2にもどって指揮をとるだろう。

わたしは操縦士として勤務中のエルデグ・テラルに声をかけると、《ソルセル＝1》の司令室が見えるホログラムに向かってことさら礼儀正しく挨拶をした。中継は両方向で問題なく機能している。ジータ・アイヴォリーは軽く顔を起こすと、手をあげた。なにもいわなかったが、集中して問題にとりくんでいるのだろうと思われる。それで充分と考えるべきだろう。

船長席につきながら、セネカに通信をつなぐ。《ソル》の心臓である生体ポジトロニクスがすぐに応答した。

「ふたつ、推測できる」わたしは短くいった。「マイナス宇宙と冷気のエレメントだ。これらの現象がかかわっているかどうか、たしかめてくれないか？」

「ほかの事実は？」セネカが質問してくる。

「靄に触れようとしたときに、冷気ショックのようなものを受けた。詳細データは医療ステーションで確認できる」

わたしがシートにもたれてセネカの分析を待とうとしたとき、主司令室がしずまりかえったような気がした。刻一刻と危険な雰囲気がひろがっているかのようだ。〝マイナス宇宙〟というただひとつの言葉で、驚きがひろがったのだろうと悟る。公けの場でこのような推測を口にしたのは、心理的な面で失敗だった。

「心配無用だ」驚いたような目つきでじっとこちらを見つめる乗員ふたりに、声をかける。「ただの型どおりのチェックにすぎない。深刻な問題はないはずだ」

わたしの手首でなにかが光った。多目的アームバンドの通信フィールドが作動している。だれかが、なにかを伝えたくてこの通信を使用しているのだ。

〝まぬけね！〟という文字が浮かんだ。

ふたたび顔をあげると、ジータが目を光らせてこちらをにらんでいるのに気づいた。ともかく彼女は感受性が鋭いので、わたしについてどう思っているかを周囲に知らせることはしない。この場合は彼女のいうとおりで、わたしはその言葉にいやな気はしなかった。指揮官というのは、乗員をむやみに不安におとしいれてはいけないのだ。いまわたしがやったみたいに。

この瞬間、セネカが分析を終了した。

「マイナス宇宙や冷気エレメントがこの靄に関係している可能性はほとんどゼロです。その可能性のために必要な、存在が証明されていない異なる宇宙間の重層ゾーンがないからです。既知の特徴も検出できません。これはあらたな種類の現象です」

大勢がほっと息をつくのが聞こえた。セネカの回答でわたしも安堵したが、なにも前進していない。わたしは眼前のコンソール上にある、コスモクラートの作品のガラス製キューブ……プシ受信機を見つめた。そのなかに未知の生物がいて、窮地にあるのが感じられる。

われわれは、セネカの記憶装置にいきなり投影された座標によって、この星系に導かれたのだ。惑星はただひとつ。酸素を含有した大気があり、地球に似ていて、豊かな植生がある……しかし、植物以外の生命の徴候はまったく見られず、エネルギー活動もなく、ほかになにも特別な点は確認できない。通常の方法では分析できない奇妙な靄を発見したのは、信じがたい偶然からだった。われわれの意識を惑わす蜃気楼《しんきろう》か、目の錯覚かとまず考えたが、計測システムは錯覚など起こさない。だから、われわれは着陸した。空からはなにもわからなかったので、せめてどんなものかたしかめようとしたのだ。この行動を時間のむだだと思う者も、謎がいくらかでも解明できると納得する者もいた。わたしは納得した部類だったが、サーフォはむだだと考えた。しかし、今回の展開には、われわれの両方ともが驚いた。

それで、いまは？　この謎を解くために、なにをすべきだろうか？　われわれが受けた救援信号を発した者はどこにいるのだろう？　プシ・キューブは、なぜ詳細なヒントを出さないのか？

「ゾンデをいくつか射出するのはどうかしら」ジータが、わたしの考えをなぞったかのように提案した。「靄に到達したらどうなるか、見たいわ」

「なにも起きないさ」サーフォが辛辣にいう。「せいぜい凍傷にかかるくらいだろう。ははは、ごめん、冗談だよ」

「なにも起きなければ、そのほうがいいわ」ジータは話を聞き流しながらいった。「それなら、靄で見えないところがどうなっているのかわかるから」

「了解した」わたしはうなずいた。「靄の調査のためにゾンデを十基、射出しよう。セネカ、もっとも有効な手段での実行をたのむ。観察と分析には、使える計測機器のすべてを駆使してくれ。司令室の通常光学装置をオンにしろ」

セネカは指示にしたがった。《ソル》は軌道にのこっているが、巨大な鋼の船体から小型の自動監視ゾンデが飛びだして、惑星に向かう。そのうちの一基が、靄に進入するほかの機器を観察する役割をはたした。この件でもセネカが調整役となり、もっとも興味深く有益な映像を司令室のスクリーンでうつしだすだろう。

「友たちよ」わたしはぼんやりつぶやいた。「ゾンデがわれわれと同じように失望を体験することになると思うと、いやな気分だ」

「だからいっただろう、凍傷にかかるって」サーフォが皮肉をいう。

「そのありがたい言葉を自分の乗員たちにひろめたらどうだ？」わたしは応じた。

明らかにサーフォは、わたしがいらだっているのに気づいたようだ。反論してこない。ただし、まだ《ソル》中央本体にのこっている。わたしの知るところでは、着陸作戦にともなう休憩を要求しないかぎり、SZ＝2で予定どおり艦長代行と交代するまで、まだあと二時間あるのだ。

白状するが、この数分間、わたしはまさにただならぬ気分だった。それはまったく大げさな表現ではない。名前のない惑星に向かって飛ぶ小型飛翔体の列を眺めていると、成果はまったくあがらないだろうという不快な確信がしだいに膨らんでいく。靄のバリアで破壊されてしまうか……あるいは靄のなかでなにも発見できないか。そうなったら、われわれはどうやって任務を実行するのか、乞われた援助をいかにしてはたすのか？ロボットを派遣すべきだろうか、あるいは無人の船か？

言動に気をつけろ、と、自分を戒める。今後についてはあとで相談できる。いまは結果を待つことが重要だ。高速移動が可能なゾンデは動きも機敏で、惑星の雲の層を突破し、生物のいない世界の雄大な景色を空中から撮影して映像を送ってくる。緑の深い熱帯雨林が見えた。灼熱の恒星光を浴びて、多湿のため湯気がたちのぼっている。思わずまた問いが浮かんだ。このような多種多様な世界でまったく動物が生まれず、昆虫すらいないなどということがありえるだろうか。自然の気まぐれか？ほとんど信じがたい。むしろ、シュプールはのこっていないが外部からの介入があったのではないか？謎の究明には大変な時間がかかることだろう。結果的に、この世界は生命がいないおかげで多様性と美しさがたもたれているという事実が判明するだけかもしれない。

ゾンデはさらに赤道付近を進み、靄がたちのぼる地点に向かった。土地はたいらになり、植物が乏しくなる。乾燥地帯で水分をためる多肉植物の光景がひろがった。この領域では干ばつが長くつづいているようだ。地面は乾ききって埃《ほこり》っぽくひびわれ、わずかな浅い地溝もすっかり干あがっている。生命は植物だけ、と、わたしは今回は脈略なく考えた。植物だけということがありうるだろうか？

映像ではずっと先に森があった。われわれが着陸作戦で出発地点にしたところだ……その奥に、巨大な靄のドームが空に向かってそびえている。灰白色の獣がジャンプしようと背中をまるめているかのようだ。

ゾンデが停滞した。わたしは、ゾンデから送られてくるデータをセネカが分析して理解できる記号としてまとめたものを、モニターでチェックした。わたしの肩ごしにデータを確認していった。

「目新しいものはないな」サーフォが立ちあがり、「計測上では靄は存在しない」

われわれは全員すでにそれを知っていて、不合理なものだとしても、この考えに慣れていた。靄をとらえられるのは、人類の目と通常の光学カメラだけ。反対に、計測機器や分析技術はこの現象を証明しようとしても歯が立たないのだ。

最初のゾンデがまた動きだし、ゆっくり靄に接近していくと、司令室はしずまりかえった。セネカが小型飛翔体の動きを遠隔操作で慎重に進めている。刻一刻と大量のデータが伝えられ、あらゆる観察方法による結果がつねに生体ポジトロニクスで確認され、すばやく分析される。しかし、モニターの記号に変化はなく、あらたな発見はなにもなかった。

緊張は目に見えるほどとなり、司令室の乗員の視線は、惑星から伝えられる映像に文字どおり釘づけになっていた。この地帯では恒星が沈んでいくが、それでもまだ猛烈な暑さがつづく。数時間前に照らしつけていたまぶしい光が鮮やかな黄金色の光になって大地にのこった。地面や大気に透明な金色の塵《ちり》が織りこまれたかのようだ。そのなかで靄は未知の天体のように見えた。単調な灰白色で、輪郭がぼやけている。

ゾンデがそこに到達し、わたしのように靄にじかに触れて、灰白色の冷気に捕らえられた。映像に閃光がはしって、わたしはぎくりとする。ゾンデがこっぱみじんになり、細かい破片がヴェールのように地面に降りそそいだ。

サーフォがうめき声をもらした。小型飛翔体が破壊されるとは、かれも予想していなかったのだ。

「ありえない」かれは小声でいい、スクリーンをじっと見つめる。

わたしは自分が下で靄を突破しようとしていたことを考えた。いまさらだが恐怖に襲われる。ゾンデは破壊された一方、わたしは意識を失っただけですんだ。命が助かったのは、とんでもない偶然によるものか、あるいは、人類とマシンを区別できる繊細なシステムによるものだろうか？　あの灰白色の障壁にはどんなエネルギーがひそみ、どんな秘密がかくされているのだろうか？

わたしはまた下から送られてくる映像に集中した。さらにゾンデが一基、靄に向かって浮遊していく。速度は遅い。そうすれば、破壊をまぬがれるとでもいうように。しかし、やはり同じ運命をたどる。一瞬の閃光のなかで破片となり、細かい氷晶のように地面に散った。

「冷気の爆発か」わたしはうろたえてつぶやいた。その瞬間、セネカがいった。

「この実験の中止を至急に提言します。成功の見こみはありません。すべてのゾンデを失うことになります」

わたしは機械的にうなずき、ひどい失敗に落胆した。

「了解した。実験は中止しよう。観測ゾンデのみを下にのこし、この現象を近くから見守れるようにする。ほかのゾンデは《ソル》に呼びもどす」

生体ポジトロニクスが指示にしたがった。わたしはどうしていいかわからなくなる。

〝氷の靄〟を通過するのは明らかに無理だが、なかになにかがかくされているのは明白になった。なにか、あるいはだれかが灰白色の檻《おり》に閉じこめられ、助けをもとめている。

セネカがさらに警告を伝えてきた。

「惑星にサイバネティクスによる一システムが作動しているのを確認しました。霧フィールドと同じ位置だと算出されています」

しばらくして、わたしはようやく生体ポジトロニクスの言葉が暗示していることをのみこめた。サーフォに肩をたたかれる。

「ほらな！」

わたしは背筋を伸ばしてすわり、放心状態で、《ソル》にもどるゾンデを目で追った。一サイバネティク・システムをセネカが探知した。これは謎に満ちた暗闇のなかの淡い光となるのか？

霧の国では恒星が完全に沈み、熱せられた大気がようやく冷えはじめた。灰白色の檻が夜をぼんやり冷たく照らす。

サイバネティクスの謎を解くのだ。しかし、どのように……？

4

「未知の特定できない物体を探知！　情報、ネガティヴ」

　セネカの報告を聞き、ブレザー・ファドンの全身を驚きがはしった。監視スクリーンに色とりどりの点が次々と光り、一部は大きな集団となっている。おそらく、宇宙船をあらわす探知信号だ。

　ローランドレのナコールに思いが飛んで、またもどってきた。いや、アルマダ部隊に関係あるはずがない。無限アルマダの動きはそれほど速くないので、すでにここに到着しているということはない。さらに、友軍ならばすぐに見わけられるだろう。

「混沌の勢力だ！」ブレザーは推測した。「われわれの任務を妨害するために、手先を送ってきた」

　隣りでエルデグ・テラルが、はっきり聞こえるほど大きな音をたてて息をのんだ。

「うれしい話ではないな」ひどく不愉快そうだ。「まったくなんということだ」

「想定しておくべきでした」濃淡グリーンがしずかにいう。「危険はわかっていたのだから」

たしかにその点で彼女は正しいと、ベッチデ人は考えた。混沌の勢力が全力を投入して、深淵穴の準備を阻止するだろうということは、はじめから明白だった。それでも未知部隊の登場には驚きを感じる。これで、攻撃の危険という問題が極度に強まった。

「警報を想定して準備せよ」かれは指示した。「しかし、われわれはまず、未知者がどんな行動に出るかようすを見る」

《ソルセル＝1》からの抗議がすぐに返ってきた。ブレザーが最後まで話し終わらないうちに、ホログラムが安定化し、ジータ・アイヴォリーの姿があらわれた。

「黙って見守るなんて、今回の場合はまったくいい解決法とは思えないわ」乱れ髪の女はいった。「それよりも攻撃態勢に入るかどうか、真剣に考えたほうがいい」

ブレザーは眉間にしわをよせた。はげしい反論が喉まで出かかったが、口にはしない。ジータの口調はいつものように攻撃的でいらだつものだったが、けんかするために発言しているわけではないのも明らかに感じられた。彼女は真剣に話していて……自分の抗議についてしっかりとりくんでほしいと、もとめているのだ。

「すでに理由はわかっているはず」ベッチデ人は応じた。「わたしが攻撃戦術を好まないのは知っているだろう」

「わたしも同じだわ！　でも、いまは主義よりも大きな問題がある。わたしたちがいかにすばやく深淵穴の底に起爆装置を設置できるか。そこに、アトランとジェン・サリクの命がかかっていることを考えて。未知者たちはまだ混乱している。かれらはハイパー現象にあらがう必要があり、状況を知ってコントロールするまで、いくらか時間がかかるわ。この隙を利用して攻撃するの。半時間もたってしまえば手遅れになり、問題を切りぬけられなくなる」

ブレザーは彼女の話に耳をかたむけ、その言葉の意味を理解した。自分の身にはけっして起こらないだろうと思っていたような状況に、思いがけずはまったことを悟る。《ソル》船長の任務についたとき、あらゆる問題は平和的に解決できると確信していた。すくなくとも、自分や仲間は攻撃的になることはなく、都合が悪いときでも平和と生命を維持する方法で解決できると。アルマダ蛮族トルクロート人との対決はまだ、あらゆる戦略と心理的な事情もふくめて、攻撃の正当性を主張できた例だった。

深淵穴の状況は、それとはくらべものにならない。いまは防御攻撃の問題になっている。敵がハイパーエネルギーの爆発と物質化する岩塊の混乱のなかで見当をつけるより先に、こちらから攻撃するというのだ。

ブレザーはためらった。サーフォ・マラガンの映像に視線を向ける。

「どう思う?」と、短くたずねた。サーフォは唇をゆがめて苦笑し、

「おそらくジータのいうとおりだ」と、ひどくしわがれた声で応じた。「わたしもこの

展開はきみと同じくらい気にいらない、ブレザー。だが、これが論理的な結論だ」

ブレザーは黙ったまま、セネカが分析した数値や探知機の記録、走査機の映像に目を通した。周囲の空間がしだいにざわつきはじめる。ハイパーエネルギー爆発や次元のひずみがあちこちで待ちかまえているのだ。《ソル》が入りこんだ例の火花の雨は、セネカの計算によると深淵穴の周囲の半径ほぼ一光年以内で生じる無数の現象のひとつをしめすにすぎない。さらに、瓦礫塊や惑星の破片があちこちで物質化している。こぶしほどの大きさのものもあれば、惑星の大陸ほどの大きさのものもあった。船内の圧倒的な意見によれば、これらは死にゆく世界の断片だ。おそらくは、深淵の地の。とてつもないカタストロフィの残骸であり、滅亡のものいわぬ証人なのだろう。

アトランとジェン・サリクを救う行動がまにあわないのではないかと思うと、ベッチデ人は寒けを感じた。世界を粉々に砕き、その断片をアインシュタイン宇宙へ飛ばしている〝下の〟深淵では、どんな悲劇的な出来ごとがくりひろげられているのだろうか？

理論はいくらでもなりたつが、議論を重ねても、明確な結論にはまったくいたらない。相いかわらず推測にたよるしかないとブレザーは知った。ハイパーエネルギー現象とあちこちに出現する瓦礫片は、実際、だれにも理解できない言語の一部のようだ。確実なのは、深淵では驚くようなことが起きているということだけ。時間が切迫している。確実なかれは濃淡グリーンを問いかけるように見つめた。彼女なら的確な分析をもたらしてくれると、大きな信頼をいだいて。カプセル光線族の助言を、かれは高く評価している。濃淡グリーンは円錐形のからだの上部を動かしてみせた。うなずいているのだ。

「すばやく行動するほど、成功の見こみが高まります」

彼女の意見で最終的に決着がついた。ブレザーは攻撃を決意した……自身の根本的な考え方に反して、この状況から生まれる強制力にしたがったのだ。混沌の勢力やその代理人が妥協しないのはわかっている。なにかを達成したければ、自分も妥協することなく行動しなくてはならない。自分のなかのあらゆる感情が逆らったが、アトランとサリクに対する思いは強い。友が破滅にさらされている世界にいて、危機に瀕しているという状況のほうが、より重かった。

＊

《ソル》が撤退していたポジションは、ハイパーエネルギー嵐の影響を受けていなかった。ところが、こんどのコースでは、船はまた狂乱の領域に入ることになる。

轟音《ごうおん》の響く放電を受け、火花の雨と閃光が深淵穴に向かう船を妨げる。セネカはいまもまた、パラトロン・バリアはできるだけ使用しないようにと指示してきた。多次元性相互作用の危険がまだ五十パーセント以上という高い確率だったのだ。この危険を冒すのはきわめて緊急の場合のみと、ブレザーも指示した。その他の場合はHÜバリアでなんとかしのがなくてはならない。

しかし、すでに緊急事態となっていた。敵艦が続々と実体化していて、その数は刻一刻と増えている。相手がいずれ優勢になるのは目に見えていた。

セネカはあらたな探知インパルスをとらえるたび、生体ポジトロニクスで展開させた作戦計画を確認し、変化していく状況に必要なかぎり対応した。深淵穴のすぐそばの影響領域から未知者を追いはらうのが肝心だ。《ソル》はできるだけエネルギーを消費せぬよう、はじめはゆっくりと、瓦礫の荒野を進んでいった。ハイパー放電が独自のエネルギー放射をさらにしばらく蓄えれば、敵に対する時間稼ぎとなり、目前の対決で戦略的に好都合だという希望がある。

スクリーンにフリント・ロイセンの独特の顔がうつった。内心では緊張しているのがはっきり見てとれる。

「いっしょに行かないので？」軽い電波障害のなか、質問がなされた。確認か、あるいは口にはしないが、非難しているのか？

「いや、無理だ」ブレザーは力強くかぶりを振った。「わたしには主司令室での任務がある。きみたちだけでやりとげてほしい」

「まったくありがたい話だ！　われわれがこの出動を承諾したのは、きみが《トリオ》でともに飛んでくれると思ったからだぞ。それが、われわれだけで地獄に飛んでいけとは！　なぜ、志願者を募らないのだ？」

　ふたたび暗闇のなかを、轟音や放電、閃光がはしった。ブレザーは顔の向きを変えて、ふたつの表示機を操作すると、また友に注意を向けた。

「きみたちはプシ起爆装置を積んでいるだろう！　申しわけないが、フリント、基本計画を変更する余裕はない。わたしがいないだけで、ほかはなにもかも計画どおりだ」

「なんということだ！　これが決死的な任務になることはわかるだろうに！」

「ここに未知の艦隊が出現してから、そうなると決まっていた。よくわかっている」

　フリントは唇をきつくかみしめた。そのままなにもいわずに通信を切ると、《トリオ》内で出動合図を待った。不安や決意、憤《いきどお》りなどの思いをいだきながら。

　ブレザーはますますこの作戦が気にいらなくなっていた。あらたにスクリーンにあらわれる探知インパルスのひとつひとつが、《トリオ》の成功の望みを減らしていく。《ソル》は深淵穴に向かって力強く進んだ。輝く火花の雨が右舷で砕け、船をなめ、はげしい音をたて、高エネルギー重層フィールドのなかで光っては消えていく。

「未知者の艦船はいま、完全にそろったようです」セネカがマシンに特有の冷静さでいった。「あらたな部隊があらわれなくなりました。全体で七千隻の艦船が数えられます」

　七千隻の艦船。多少は誤差があるだろうが、かなりの戦力と攻撃力を想定しなくてはならない。しかし、まだ数多くの探知ポイントが動きつづけている。各艦船が予定のポジションにおちつくまでしばらくこの動きがつづきそうだった。

「未知者が深淵穴をとりかこんでいる」エルデグ・テラルがあらたなニュースを伝えた。

「隙間のない封鎖リングをつくる気だろう」

ブレザーは、セネカがよりわかりやすく修正したグラフィック映像を目で追った。深淵穴は深皿状のかたちというよりほかになく、直径は一惑星ほどもある。しかし、縁から底までの厚みは六千キロメートルほどしかない。その映像の中央はグレイに色がつけられ、重力と空気があることをしめしている。この構造物の周囲に、いまや未知者の部隊がずらりとならんでいた。深皿を外から封鎖する半球を築いているのが、ますます明白になった。

「プランCにしたがって攻撃する」ブレザーは決断した。「目標を攻撃するのではなく弾幕砲火を浴びせるのだ。《トリオ》は発進準備をととのえよ」

セネカが指示を復唱。《ソル》の深奥部でエンジンがはげしく動きはじめる。船は加速し、大きく前進した。

「弾幕砲火だけでは効果はないわ」ジータ・アイヴォリーが非難する。「すでに接近しすぎている。目標を攻撃しないと突破できない」

「われわれは突破したいわけではないのだ。《トリオ》には亀裂が必要だが、ほかの者には無用だろう」ブレザーは強く手を振り、拒絶した。「プランCのまま、変更なし」

「今回だけはジータのいうとおりだろう」集中力をゆるめることなくエルデグ・テラルがうなった。「われわれ、やりとげられない」

ブレザーはそれ以上迷わなかった。もっとも命を危険にさらすことがすくない方法を選択したから、この決定を貫きたいのだ。

「ためしてみるのだ！　うまくいかなかったら、そのときに方針を変更すればいい」

「いいえ、だめです！」こういったのは濃淡グリーンだ。「奇襲の効果が薄れて、われわれが方針を変えるころには異生物はすばやく反応しています。そうなったら、ますます計画がむずかしくなります」

ブレザーは応じなかった。プランCはほかのふたつの作戦同様、議論を重ねてデータをとり、セネカの指示によって的確に実施するものだ。《ソル》は深淵穴に向かって加速した。HÜバリアのなか、船の進むコースに物質化していた瓦礫塊が蒸発し、宇宙空間に何度も閃光がはしって船に轟音が響きわたる。

「ひどい領域だ」エルデグ・テラルがぶつぶついった。

突然、ゴングのような音がとどろいた。船の構造全体が揺れたかのようだ。思わずブレザーは肘かけにしっかりつかまった。目の前の映像がはげしく振動し、高いうなり音が聞こえ、細かい震えを感じる。かれは心の底から動揺した。司令室が自分のまわりで回転しはじめ、気分が悪くなる。濃淡グリーンが奇妙なダンスを踊りだし、エルデグ・テラルが無限につづくパイプのなかにいるようにどんどん遠ざかっていく……

「警戒してください。次元歪曲です！」生体ポジトロニクスの淡々とした声がブレザーの耳にとどいた。「ときには知覚障害が起きることがあります。プログラムを続行します」

〝ときには〟か、と、ブレザーは愕然とした。そのせいだったのか！　司令室にいる全乗員が同じような現象に苦しんでいる。船のほかの場所も変わらないだろう。この状況では、攻撃プログラムを中断しないと命にかかわる。

セネカのグラフィック映像では、いま深淵穴は不思議な流動的なかたちになっていた。縁が溶けてねっとりしたしずくとなり、虚無に落ちていく。グレイの深淵しずくがはてしない宇宙にひろがっていた。次元の継ぎ目から銀色の火花が噴きだし、槍のように《ソル》に襲いかかってくる。

「プログラム停止！」ブレザーはパニックになりながら大声で告げた。「攻撃を即刻、中断せよ！」

だれにも意図が通じなかった。発したのはただ不明瞭な声だけで、唇からは意識がちいさいグリーンの泡となってあふれ、息苦しい空中で消えていく。もはや自分がなにをしているのかわからなくなった。からだを動かそうとする。自身の無力さにあらがい、枷《かせ》を引きちぎって言葉の障害に打ち勝とうともがく。次元歪曲に囚われるとなにが生じるかを理解するのは、せいぜいあとになってからだろう。突然、左手が痛んだ。どこかに打ちつけてけがをしたのだ。襲ってくる銀色の槍が、燃えあがるナイフのように精神をうがつ。

「《トリオ》、警戒せよ！　警戒態勢！　弾幕砲火まであと十秒……九……八……」

セネカの冷静なアナウンスが危機的な状況に響く。

「やめろ！」ブレザーは大声でいった。口のなかにグリーンのものがあふれ、海のようなざわめきとなる。「攻撃停止！」

「……六……五……」

セネカに言葉が通じない。だれもこの冷徹に進むプログラムをとめられる状況にないようだ。生体ポジトロニクスはなぜ、乗員が行動できなくなっていることに反応して適切な処置をとり、船の安全を確保しようとしないのか？

「《ソルセル＝1》……の司令室へ！　狂気の沙汰だ！　セネカがおかしくなった！」

混沌のなかで言葉が断片となり、意味をつくりつつ、それでも意味をなさないままだ。死をまねくカウントダウンがつづく。緊急遮断スイッチに伸ばしたブレザーの手は、重く動かない塊りのようだった。

「……一。弾幕砲火！　《トリオ》、警戒を！　スタートまで七秒！　警戒態勢！」

どこかで防御バリアが轟音をたてた。次元震動に連続攻撃がくわわり、外では慎重に計算され配置されたトランスフォーム爆弾が光った。司令室にまぶしい光があふれるが、あらかじめセットされていたフィルターで防眩される。弱まった炎の壁が未知者の艦船にのびると、そのフォーメーションがたちまち乱れた。

「……二……一……《トリオ》、スタート！」

「……やめろ！　ブレザー、聞いてくれ！　わたしと……」

ブレザーの困惑が消えた。突然、自分はただひとり、精神活動が誤った方向にそれたのだという気がした。周囲もとんでもない興奮状態かもしれないが、ほかの者はかれほど混乱しなかったようだ。

「だれも手助けしてくれないのか？」絶望してかれは大声でいった。「なにもわからなくなっている、わたしの目は……」

実際、自分はいったいなにをしているのだろうか？　しずかにすわっているのか暴れているのか？　わけのわからないグリーンの泡のような言葉。周囲はゆがみ、パイプのなかに世界があり、脳のなかに銀色の矢がある……

トランスフォーム爆弾のまぶしい光が弱まっていき、炎の壁が消えた。敵艦船の操縦士たちはまぎれもなく事態を早急に察知して反応し、なにもなくなった空間に向かって前進。深淵穴をかこみ、《ソル》と戦う多くの部隊を配置している。スクリーンに色とりどりの点となってうつしだされたそれは、混沌とした軌道を飛んでいたが、動きは一貫して目標をめざしている。

「敵に多大な損失がなければ、すばやい反応によって二度めのトランスフォーム攻撃に出るのは不可能です」セネカが伝える。「《トリオ》はスタートしませんでした。そのため、作戦は失敗と判断するしかありません」

「……人に責任を押しつけるな、いまいましいブリキ箱め！ わたしはやめろといっただろう！ ブレザー、まったく、わたしははじめからそういっていたのだ！ セネカはおかしくなっていると、ジータにいってくれ！ この状況下ではだめだ！」

ブレザーの意識がざわつく。口を開くと、銀色の矢が脳からはじきだされた。

「わかった。その件はあとで話そう。だれか手を貸してくれないか？」

かれの言葉はまたグリーンの海となり、うまく通じない。そのとき、しゅっというかすかな音がした。濃淡グリーンがいるようだ。急いで向かってきた医療ロボットがかれの頸に注射を打つ。

「危機は脱しました」女カプセル光線族が安堵していった。「われわれがそばにいます、ブレザー。なにもかもよくなります」

ベッチデ人は泡のような模様を吐きだした。次元歪曲のせいで、肺からの空気が模様になっている。わきにエルデグ・テラルがいるのに、ブレザーは気づいた。エルデグは細いパイプから出て、自分の操縦シートにいつものサイズですわっている。ブレザーのうめきはグリーンの泡になった。グラフィック映像の深淵穴はあふれるような泡立つミルクで満たされている。

「おちついて」濃淡グリーンのおだやかな声が聞こえる。「われわれ全員、同じ目にあって苦しみましたが、あなたがいちばんひどかったようです。でも、しだいにおさまります。最後の症状もすぐに消えるでしょう」

「セネカはどうなった？」ブレザーが茫然として息を切らすと、黄緑色のざわめく海となった。

周囲の者にはまだかれの言葉が伝わっていないというのが、その反応からわかる。

「リラックスしてみて。無理をしないで」

注射の作用があらわれてきた。ブレザーは束縛から解放されたような気分になった。視覚と聴覚に対する引き裂くような影響はまだのこっていたが、思考が明快になる。《ソル》は退却をはじめていて、船がはまった次元歪曲はやわらいでいた。言葉の海、深淵穴のミルク、泡の模様が、不可解な未知世界で苦しむ精神の幻覚となり、姿をあらわす。

「攻撃は失敗したのだな？」

ようやくまた、言葉がいつものようにだれにでもわかるかたちとしてまとまった。ブレザーは肺のなかの目に見えない空気を吐きだし、安堵の息をついた。深淵穴および、梯形《ていけい》フォーメーションで鐘のかたちを築いている敵艦船のコンピュータ・グラフィックは通常次元のもので、ゆがみは消え去っていた。

「違うわ」ブレザーの質問に答えたのは、よりによってジータ・アイヴォリーだった。

「〝手ひどく〟失敗したのよ、正確にいうなら」

ブレザーは痛む左手をあげた。たいしたけがはしていない。動きがうまくコントロールできなかったせいで、いくらかぶつけたところがあるくらいだった。表示機器やグラフィック映像を見やると、火花が光るハイパー嵐が、はるかはなれたところで渦巻いているのがわかった。

「セネカ」かれは呼びかけた。「なぜプログラムを停止しなかった?」

「指示がありませんでした」生体ポジトロニクスは短く弁明した。

この答えにブレザーは不満を感じた。セネカは乗員の、とくに指揮官たちの状態を把握できたはず。いや、それどころか、よくわかっていたにちがいない。論理的な結論として、継続中のプログラムは中断されるべきだった。この状況でしっかり機能しなかったということは、高性能の生体ポジトロニクスでさえ、その生体要素がやはり次元歪曲で動揺したということを意味している。

敵艦船がいまは向きを変え、ふたたび深淵穴にコースを向けたのを見て、ブレザーは安堵した。深淵穴でほかの未知部隊の編隊にくわわるのだろう。つまり、混沌の勢力の使者はすくなくとも《ソル》をなんとしてでも破滅させたいわけではないようだ。かれらは深淵穴の封鎖だけに集中している。

「これでようやく誤解がなくなったから、もう一度くりかえす!」こういったのは、またフリント・ロイセンだった。「ブレザー、聞こえるか？ ここでは乗員の半分がおかしくなってしまった。かわいいヘレンもふくめてだ。スタートしていたら、われわれの作戦も失敗していただろう。あの状況で、そんなことはできなかった。おまけにセネカときたら! セネカはどうしたんだ？ なぜ《トリオ》がまだエアロックにいるかわかるか？ 理解できるか、ブレザー?」

ベッチデ人は先ほどの発言をくりかえした。ただし、こんどは言葉がはっきり相手に伝わった。

「わかった、フリント。わたしにもどうしようもなかったんだ。あの状況で、きみの決断は正しかったよ。さ、おちついてくれ。わたしの勘違いでなければ、次元歪曲はおさまった。われわれはまた全員がふつうにもどった。われらがブリキ箱もな」

「だといいが。船内が混乱におちいったのに攻撃プログラムを中断しなかったとは、どうかしている。まったく狂気の沙汰だ! 〝わかっていればできたのに〟などというなら、よく考えたほうがいい。カタストロフィになる前に」

カタストロフィという表現でもまだやわらかすぎる、と、ブレザーはぼんやり考えた。生体ポジトロニクスの一部が故障して命令を受けつけないというのは、安全面での危機であり、生命が脅かされる事態だ。実際、こんな事故があっては、数名の専門家にセネカを検査させるほかない。しかし、いつやる？　セネカはつねに必要とされていて、まさにいまも変わらない。次元歪曲の解消とともに故障がなくなったと信じるほかないのだ。

「どうする？」ジータからサーフォに視線をうつし、最後に深淵穴のグラフィック映像をじっと見つめながら、かれはたずねた。「深皿は完全に封鎖された。突破するか？」

「惑星大のサイズの物体に対して七千隻だぞ」サーフォがいう。「数は多くない。きっと抜け穴がある。突破に問題はない」

「だが、不安はある」と、ブレザー。「かれらの武器の射程範囲は、その隙間を閉じるくらい充分だろう」

「とくにかれらはいま警戒しています」濃淡グリーンがそれに賛成する。「わずかでも《ソル》に関係がありそうなものはすべて攻撃するでしょう」

「もう一度、トランスフォーム爆弾をためしてみたら？」エルデグ・テラルが確信はなさそうにおずおず提案した。

「だめだ！　未知者の部隊はいまフォーメーションを組んでいる。さっきの作戦はもははや通じない。大虐殺が展開されることになる」

議論がここまで進んだとき、ジータ・アイヴォリーが口を開き、独特の聡明さで冷静に話をはじめた。

「ここで弁解したり、議論したりする必要はないわ。われわれには実行しなくてはならない任務がある。できるかどうかはべつとして、だれかが深淵穴に飛び、プシ起爆装置を設置しなくてはならない。つまり、混沌の勢力の封鎖を打ち破る必要があるということ。アトランとサリクのためにね。突破するしかない！」

＊

フリント・ロイセンは同僚女性のおちつきに感嘆するしかなかった。かれ自身は神経質になっていて、めずらしく緊張しているのに、反対にヘレン・アルメーラは沈着さを発揮し、かれは唖然とした。ほとんど不気味に思えるほどだ。

ヘレンは自分を横目で見るかれの視線に気づくと、問いかけるように眉をあげた。

「なぜ、そんなにリラックスしていられるのだ？」フリントは率直にたずねた。「こんな事態を目の前にしているのに」

ヘレンはほほえみ、ゆったり肩をすくめた。

「なにをしろというの？　もう乗りこんだんだから、どうにかやっていくしかないわ。

《トリオ》の直径は六十メートル。笑われるわよね……」

フリントは拒絶するように腕を振り、話を中断させた。

「とんでもない。六十メートルでも大きすぎるだろう!」

こういわれて彼女は笑ったが、この会話の奇妙さははっきりわかっていなかった。フリントはヘレンを冷静だと思っていたが、彼女はただ不安を仮面でおおいかくしているだけだ。一方、ヘレンはフリントの言葉に皮肉がこもっているのを感じたが、こちらもうわべだけにすぎない。結局、ヘレンもフリントも同じように不安なのだ。ふたりの違いは、それをどうかくしているかという点だけだった。

しかし、ふたりが自分たちのやり方をさらにつづけることはなかった。スケジュールが迫っているためにできなかったのだ。とはいえ、いずれ本音が出ることになるだろう。ブレザー・ファドンが《トリオ》の司令室に入ってきたとき、いよいよはじまると、ふたりは悟った。

ベッチデ人は司令スタンドにまっすぐ進み、腰をおろした。無《ぶ》愛想《あいそう》なようすだが、きわめて集中している。挨拶は短く、その目の動きはいつもと違っておちつきがない。

「スタートだ」かれは乱暴にいった。「友よ、この作戦を無傷で切りぬけられるかどうか、わたしにはわからない。《ソル》は全部隊で陽動作戦をしかけ、敵を分散させることに専念する。そのあいだにわれわれは突破するんだ。かんたんに聞こえるが、われわれがなにを相手にするかは、みんなわかっているだろう」

かれは淡々とした笑みを浮かべ、話をつづけた。

「この作戦が開始される前に《トリオ》を去るのは自由だ。強調しておくが、それでわたしがだれからも責められるいわれはないし、わたしはだれにも強制したくない」

ここでフリントに親しげに目くばせする。フリントは、すぐにこのあてこすりに反応した。

「だれもそんなことはいっていない！　ただ、いやな感じがするんだ……」

「そんな感じがする理由はわかっている」ブレザーが話をさえぎる。「しかも、それは正しい！　それでもこの状況では、ほかの選択肢はないんだ」

「その話題、蒸しかえさないといけないの？」ヘレンが嘆く。「今回あなたは約束どおり、わたしたちといっしょに飛ぶ。それでこの話はかたづいたということ。そうでしょう？」

「たしかにな」フリントがうなずく。

「このあいだに《ソル》ではあらたな状況に向けて準備し、具体的な計画を練りあげた」と、ブレザー。「それで、わたしは主司令室にいなくてもよくなったんだ。だが、さっきはすっかり驚かされたから、はなれられなかった」

かれはシートをまわし、コルヴェットの表示機器を確認した。《トリオ》は出動準備がととのっている。直径六十メートルの球体は重要な荷物を積んでいた。プシ起爆装置だ。カルフェシュが準備して、投下シャフトに格納してある。輝くシルバーグレイの小型機器で、コスモクラートの技術による未知の機能を持ち、信じがたい作用を発揮するものらしい。目的地に設置されれば、だが。

「よし！」ブレザーは決断した。「敢行する」

《ソル》中央本体の主司令室にスイッチを切り替える。こちらはかれの不在のあいだ、エルデグ・テラルが指揮することになっている。首席操縦士は腕をあげた。

「スタートか？」

スタートだとブレザーは復唱した。かれだけではなくだれもが、今回こそこれまでよりもいい計画になっていることを望んでいる。未知者たちに動きはない。この隙に、障害のあらゆるパターンを確認した。いままでに、ぜんぶでハイパーエネルギー障害が三つと、火花の雨とグリーンの海のざわめきをふくめた次元歪曲のふたつの作用領域がわかっていて、そこは前もって避けることが可能だ。いずれにせよ、これらの決まった領域における現象もおだやかになっている。

いまだに危険なのは、突然に発生するハイパー放電と、次々に物質化する瓦礫塊だ。数は減っているが軽視はできない。

《ソル》の攻撃がはじまる。ブレザーは息をのんだ。巨大な母船のなかのあちこちで、操縦士たちが自分の艇のコンソールにつき、スタートの信号を待っている。数秒後になにが起きるだろうか？　挑発を受けて未知者はどんな反応を見せるだろうか？

ブレザーは未知者とコンタクトをとろうと、あらゆる手段をつくした。争いを交渉によって調停できないかと考えて懸命に努力した。だが、成果はまったくあがらなかった。深淵穴の封鎖はつづき、相手からの反応は皆無《かいむ》だ。攻撃もないが、応答もない。

のこされた道はただひとつだった。

《ソル》は深淵穴に接近した。緩慢でぎこちない巨体に見えるように、慎重に。きわめて意図的に選んだこの戦略は、敵の自己保存本能を想定している。未知者はトランスフォーム爆弾の光の壁を体験しているので、《ソル》の戦力のレベルを知っている。船がある境界をこえて接近するのをそのままほうってはおかないだろう。ゆっくり進んでいけば、敵には《ソル》を停止させるための部隊を編成するチャンスができる……相手の戦力を分散させるための最初の一歩だ。

中央本体の主司令室から《トリオ》のモニターに、重要なデータや映像がたえず送られてくる。深淵穴の周囲ではまだなにも変化はない。未知者はまだ心理的な限界に達していないのだ。《ソル》はふたたびHÜバリアだけを使用していた。その燃えあがるようなグリーンの光がときどき、深淵から生じる瓦礫塊を明るく照らす。運よく、先ほどあらわれた漆黒の大陸のように大きな障害物はまだ生じていない。

「ほら！」フリント・ロイセンが一秒も表示機器から目をそらすことなくつぶやいた。「やつらがくるぞ」

ブレザーは、友がひどく緊張しているのに気づいた。深淵穴への進入をブロックするフォーメーションから十隻の船がはなれ、明らかに《ソル》に向かうコースをとる。そこに生じた隙間はすぐにまた、ほかの船によって埋めあわされた。

「コースを維持して相手の動きを待つ」ブレザーは決定した。「向こうは十隻にすぎない。それほど危険はもたらさないだろう。こちらのバリアが攻撃に耐えられれば、敵は支援部隊を要請するはずだ。そうなったらおもしろくなるぞ」

「そんないい方もあるのね」ヘレンがつぶやく。

エルデグ・テラルは主司令室で指示を復唱した。未知者は長円形のフォーメーションを組んで接近してくる。どこかでかすかに閃光がはしった。深淵から宇宙空間へ向けた、音のない多次元性の放電だ。ブレザーは寒けを感じた。不安になって何度も自問する。深淵の地ではなにが起きているのだろうか。どんな容赦ないカタストロフィが待ち受けているのだろうか……

未知者の船が攻撃してきた。突然、HÜバリアのあちこちが明るく燃えあがる。

「負荷、四十九パーセント」セネカが伝えた。

船内ではエネルギー砲撃にまったく気づくことはない。バリアが攻撃を確実に吸収したのだ。ただマシン室の付近では、注意深く聞いていると独特の音がかすかに聞こえた。

「かれらはもっと重装備だと考えていたが」フリントがいぶかしんだ。「これでは、武器はないに等しい」

ブレザーが哄笑した。

「まったく図太いな、友よ！　どれだけの敵を一度に相手にしなくてはならないと思っている？　十隻ならHÜバリアが役だつし、百隻ならパラトロン・バリアも有効だろうが、七千隻すべてが一度に迫ってきたらどうするんだ？」

フリントも笑ったが、その笑いは引きつっていた。

「どうするって？　そうなったら人目につかない物質の泉を探し、その彼岸に身をかくそう」

未知者の二度めの攻撃も影響はなかった。《ソル》はHÜバリアのグリーンの炎につつまれて、変わらずに前進する。鋼の巨体は緩慢な動きながら、たゆむことなく進んでいく……敵は抵抗するためにさらに船をさしむけるはず。この瞬間、それが実行された。深淵穴の周囲の鐘状フォーメーションから、さらに十隻がはなれ、《ソル》に向かってくる。

「本気になったわね」ヘレンがいわずもがなの感想をいう。

二十隻のエネルギー砲がいっせいに一点を狙って攻撃してきた。バリアの強度はすでに限界値に近い。　運動エネルギーと衝撃波が発生し、船を貫く。床が低く響く音をたて振動する。

次のエネルギー砲撃はわずか数秒後、やはり一斉攻撃で同じ場所が狙われた。うなり声のような暴風の音が《ソル》を駆けめぐる。人工重力はグラヴォ機器によってなんとかたもたれている状態だ。

「限界値に達しました」セネカが伝える。「超過しています！　ですが、やはりパラトロン・バリアの展開はすすめられません。いくつか明白になっている理由のためです」

ブレザーは一瞬もためらわなかった。

「全艦艇の指揮官へ！」全船放送の記録フィールドに向かって呼びかける。「予想どおり分散が起きている。スズメバチ飛行作戦、開始だ！」

船内のあちこちで待機中だった宙航士たちの、高まったいらだちが急激におさまった。種族全体が深い眠りからさめたように、突然、目標に向かって活発に動きはじめる。

未知者が次の攻撃に入る前に《ソル》は各コンポーネントに分離した。《ソルセル＝1》と《ソルセル＝2》がシリンダー状の中央本体から左右にはなれる。攻撃者の部隊にたちまち混乱がひろがった。前進してくる巨体という目標が、いっきに三つに分かれたのだ。しかも、それぞれの攻撃力と防御力は、先ほどまでのまとまったかたちと変わらない。

封鎖部隊から船がさらに離脱し、深淵穴の周囲の鐘状フォーメーションからはなれ、二隻のソルセルに向かってくる。はげしい攻撃がはじまった。砲熕《ほうこう》兵器から宇宙の暗闇に向かって恐ろしいエネルギーの光が噴きだし、HÜバリアに捕らえられ、消滅する。次元の閃光が何度も虚無にはしり、深淵の地がますます溶けていく。その破片が通常空間に吐きもどされ、あちこちでひびわれた岩塊が生じた。輝きが渦巻くなか、巨大な赤い光の環がブレザーの目に入った。ゆがんだ次元、世界の下にある対称世界か？

しかし、注意をそらしてはいけない。《トリオ》のスタートの瞬間が迫っている。封鎖のフォーメーションは密度が薄くなっていた。未知者の艦船がさらに何隻も持ち場をはなれてソルセルに向かい、封鎖網がゆるむ。おとりに引っかかったのに気づいていない。

三つに分散した巨大船の外殻の周囲でエアロックが開き、ちいさい長方形が光った。鋼の怪物の脅すような黄色い目だ。スズメバチの群れが巣をはなれ、怒ったように宇宙空間に飛びだす。ぼんやり光る雲のようだが、それぞれの点がすばやく動き、各自の目標に向かっている。

「いまだ！」

部隊が展開するなか、《トリオ》も格納庫をはなれた。高速で広範囲に分散する集団の、ごくちいさいひとつの要素となる。数百隻の軽巡洋艦、コルヴェット、スペース＝

ジェット、さらに二千機以上のライトニング戦闘機がくわわっている。一部は自動操縦の無人機だ。いっせいに深淵穴の前にひろがる封鎖部分に向かう。

スズメバチの最初のひと刺しに対する敵の反応は、緩慢だった。ブレザーのあたえた指示は明確だ。潰滅的な攻撃は無用。ただ挑発するだけでいい。

命令は実行された。

*

小型機がスズメバチとなって刺すという戦略は目的を達した。なかでも動きの速いライトニング戦闘機が混乱を引き起こし、神出鬼没ですばやく小規模攻撃をくりかえす。未知者の艦船の列の秩序が乱れはじめた。防戦しようとするが、混沌とした群れのなかで的を絞るのはむずかしい。すべてがただ注意を引きつけるための作戦で、陽動作戦にはまったと敵がようやく悟ったときには、すでに遅かった。

《トリオ》は妨害されることなく前進し、あらゆる方向に分散した未知者の部隊の隙間をぬって通過していく。気づかれるのではないかとブレザーは恐れたが、敵は予想される攻撃に対する防戦に忙しかった。

「これほどかんたんだとは思わなかった」《トリオ》が突然、未知者の部隊の裏側に入ったとき、フリント・ロイセンが驚いたようにいった。「われわれ、突破したぞ！」

「ほかの結末を迎えた可能性もあっただろう」ブレザーは集中力を切らすことなく応じる。「そもそも、われわれ、まだ帰還していないんだぞ」

眼前に深淵穴がひろがった。宇宙空間のグレイの深皿が、スクリーンをどんどんおおいつくしていく。とうとう、深皿の縁がカメラでとらえられる範囲を通りこした。巨大な物体の壁は湾曲していて、黒い斑点がある。洞穴のようなくぼみがあり、そこに深淵監視者がいるのが、ブレザーの目にとまった。

深淵監視者については、カルフェシュが警告していた。かれらが通過させるのは本来、深淵で歓迎される生物だけなのだが、数千年が経過するうちに、監視者は自分たちでその任務をゆがめてしまった。いまでは来訪者を見わける方法を忘れたという噂が流れている。ポジティヴな意図の訪問者も通過を拒否される日は遠くなかった。

《トリオ》にプシオン・エネルギーの第一波があふれたとき、ヘレンがうめき声をあげた。ブレザーも深淵穴から発する拒絶を感じた。暗い洞穴から金銀線細工のような物体がひるがえる。風に吹かれてはためく布のようで、大きく外に飛びだしては、また引っこむ。あそこからメンタル放射が発されたのだろうか？　あるいは、暗闇にかくれてまだ見えない大勢の監視者のだれかが発しているのか？

高速で《トリオ》は深淵穴の領域に入っていった。艇が深淵穴の縁を通過し、下降していくようすを、ブレザーはコンピュータによる三次元画像で確認した。すぐに艇は大気圏の最上層に達して、その後は速度を落とした。深淵穴の壁が接近してくる。壁の開口部のひとつから、黒いスライム状の物体がはいだしてきた。長い疑似足で空中をたたくようにして進んでいる。ブレザーの意識に低いささやき声が忍びこんできて、引き返したほうがいいと告げた。

「われわれ、進みつづける」まわりの者に勇気をあたえなくてはならないかのように、かれはなんとかいった。「のこりわずか六千メートル。われわれはやりとげるぞ」

〈おまえたちの命を奪う！〉

ヘレンがまたうめいてシートにもたれ、額をぬぐった。

「つらいなら、だれかにかわってもらえ」ブレザーは心配してうながした。「誤ったプライドは捨てろ、ヘレン！　われわれ全員、わかっている！」

ヘレンはかぶりを振り、ふたたび火気管制コンソールに集中した。

「もう大丈夫。平気よ」

〈帰れ！　さもないと、殺すぞ！〉

メンタル性の警告がますます強く、脅すようになる。それは洞穴から生じるプシオン振動だった。深淵監視者の野蛮な思考にこれ以上だれも耐えられないと、ブレザーは考えた。カルフェシュはこの力について警告していたのだ。

「あとどのくらいだ、フリント？」

「機器を見てくれ！　これ以上、加速できない。空気抵抗でバリアが過熱するから」

　ブレザーはデータ・コンソールを見やった。すでに深淵穴の縁から底までの距離の半分を進んでいて、のこりは三千メートル弱だ。監視者の影響はますます強くなっていた。壁の洞穴にいる不気味な生物は《トリオ》に乗った人間たちをポジティヴな者とは考えておらず、進入を拒絶している。ブレザーは頭痛がしはじめ、意志が徐々に攻撃されているのに気づいた……

「プシ起爆装置の投下準備はできているか？」かれはたずねた。その情報が必要だからというよりも、意識をほかにそらしたかったのだ。

「もちろん。あとはきみの指示だけだ！」

　あちこちの洞窟の開口部から同時に、暗いグレイの物質があふれでてきた。それらが集結してまとまった勢力となり、高くたちのぼる。《トリオ》に到達して進入を妨ごうと、必死に力をつくしているのか？　ブレザーは正確にはわからなかった。頭に感じる圧力は、穴がうがたれそうなほどきつい。はるか下に白い炎の渦が見えた。深淵穴の底の炎だ。目的地に近づいている。

「撃ちましょうか？」ヘレンが大声でいう。「あいつらを撃つ？　きっと通過させてはもらえないわ！」

　ブレザーはからだをまわした。女砲手が硬直してコンソールの前にすわり、搭載分子破壊砲を手動で調整している。この事実だけで、彼女がすでに思考をコントロールできていないのがわかった。ベッチデ人はあわてて立ちあがり、ヘレンをうしろへ引っ張ってすわらせた。彼女は目を閉じてすすり泣く。両手は震えていた。

〈立ち去れ！　去るのだ、さもないと殺す！〉

圧倒されるような強さのインパルスに、ブレザーは下唇をかんだ。医療ロボットに合図すると、すぐにロボットがやってきてヘレンを手当てした。処置された薬で彼女の手足の硬直は解けたが、顔の緊張はそのままだ。

「攻撃しなくていいの？」彼女は泣きながらいった。「正当防衛ではないの？」

「いや、状況は変わった。これ以上、武器に触れなくていい。わかったな！」

「わかっ……たわ」

〈おまえたちを殺す！　皆殺しだ！〉

コルヴェットのせまい司令室で乗員数名が悲鳴をあげた。そのなかにフリントもいたが、すぐに自制する。ブレザーは絶望的な気分で周囲を見まわした。目的地まであと二千メートルほど。この殺人的な圧力のもとでは、はてしなく感じる距離だ。医療ロボットにヘレンを見張れと指示して、コンソールの操作をさせないようにする。

「やりとげられるだろうか？」かれは操縦士にたずねた。

「わたしは大丈夫」フリントがつらそうにうなる。「きみがやりとげられるかどうかは、確約できないが。わたしの判断が正しければ、これは精神的な素質に左右されるようだ」

ブレザーは司令シートに腰をおろした。

「そのようだな。できるだけ進んでくれ。だが、自分には正直になるんだ。自分を過信したら、だれの助けにもならないぞ」

フリントは苦笑したが、なにもいわなかった。

突然、深淵穴から輝く光があふれてきて、コルヴェットをつつんだ。目がくらむほどではないが、脳のあらゆる層を侵食し、細かい思考を読みとり、精神の奥底までもぐりこんでくる。ブレザーは麻痺したようになった。恐ろしい一秒のあいだ、自分がむきだしになり、意志がなくなり、精神的に凌辱されたように感じる。ぞっとするような体験だった。これはテストで、来訪者がポジティヴなのかネガティヴなのか、深淵監視者が判断する材料になるのかもしれない。

それが終わると光が消えて、ふたたび自由に考えられるようになった。すぐに監視者のメンタル流がまたはじまった。ブレザーは自分が窒息するにちがいないと思った。体内では音が鳴りひびき、外では洞穴の出入口で半知性体がプシオン触角を伸ばしている。

〈もどれ！　もどるのだ！　さもないと命を落とすぞ！〉

「いやだ！」フリントは大声をあげた。これでいくらか緊張が解けたようだった。「いやだ。もう一度いう、いやだ！」

〈もどれ！　もどるのだ！〉

《トリオ》は深淵穴の底に向かってさらに降下した。下の地面にはひとつ開口部があり、そこで例の白い炎が渦巻いている。そこには深淵への本来の出入口となる深淵リフトがあり、訪問者を都市スタルセンへ導くのだ。すくなくともカルフェシュはそう説明していた。だが、ブレザーがこれまでに体験した深淵瓦礫や次元嵐のすべてから判断して、都市がまだ存在しているとはほとんど信じられなかった。

白い炎のなか、深淵リフトの卵形カプセルにつづく、やはり白い橋がかかっている。すべてを焼きつくす深淵炎のなかのフォーム・エネルギーだ。監視者たちはさらに必死に、未知の訪問者を開口部に接近させないようにする。ブレザーは強大な力でからだを壁にぶつけられたような気がした。額が痛み、目がちかちかする。

いきなり目眩《めまい》を感じて、シートの背もたれにからだを押しつけた。視界がかすむなかでなんとか数値を読みとる。あと五百メートルだ。フリントが隣りであえいでいる。

「もうたくさんだ」と、ブレザーには聞こえた。「これ以上は無理だ！」

ベッチデ人は意志の力をかきあつめて操作盤に手を伸ばし、前に向かって文字どおり倒れた。安全を考えてプシ起爆装置の投下をひかえていたが、シャフトを開けるためには操作盤に触れなくてはいけない。

手は重く麻痺しているようで、さがってしまう。プシ起爆装置……そう考えたブレザーの頭が急にはっきりした。われわれのまわりはプシ振動に満ちている！　この瞬間、コスモクラートの機器がどう作用するのかわかり、なにが起きるか大筋が理解できた。それが正しいことなのか悪いことなのか、かれにはわからない。自分たちはそれによって苦しむことになるのか、あるいは助かるのか……

操作盤に触れる。シャフトが開き、コスモクラートのシルバーグレイの機器が《トリオ》からはなれた。ブレザーは押しよせてくるメンタル・インパルスでぼんやりしながら、起爆装置が落下して回転しつつ深淵穴の底の優美な白い炎に向かっていくのを、スクリーンで確認した。

「さ、スタートしろ！」フリントに呼びかける。「大至急、脱出だ！」

操縦士は夢からさめたようだった。最後の力を振りしぼって死を招く振動と戦う。エンジンがうなり、《トリオ》は全速力で上昇した。洞穴や深淵監視者のそばを通過すると、インパルスはすぐに弱くなっていった。

ブレザーは重荷をおろした気分になった。ほかの乗員も同様だ。監視者たちは、訪問者が深淵に侵入するのを阻止できて勝利をおさめたと思っただろう。実際は、永久の敗北を喫したのだが。

《トリオ》は深淵穴の縁をこえてひろい宇宙空間に飛びだした。そのとき、コスモクラートの機器が爆発。プシオン・エネルギーが大きく膨張して深淵穴に降りそそぐ。この襲撃により、深淵監視者たちは個性と知性を失った。なにが起きているかブレザーにはくわしくはわからなかったが、思考のかたすみでとらえたように思った……監視者が深淵穴と一体化したのを。プシ起爆装置の圧力でエネルギーが解放され、そのエネルギーが深淵穴に侵入したのを。すべてがひとつになり、それによって宇宙空間のグレイの深皿が一エネルギー物体に変わったのを。

「深皿がポジションを変えた」フリントが驚いたように伝えた。「深淵穴が動きだし、従来の位置に向かっている！」

この現象を検証し、それについて考える時間はブレザーにはなかった。探知機と走査機の数値は、このセクターで宇宙船が分散したことをしめしている。七千隻の敵艦船がしだいに混乱から立ちなおる映像が表示された。《ソル》の部隊はますます苦境においっている。致命的な損傷をあたえないようにと、ブレザーがとくにきびしく指示していたからだ。

しかし、まだなお事態を見通すことはできる。《トリオ》は敵船の集団ふたつのあいだを通過し、《ソル》中央本体に向かって飛んだ。

「作戦終了」ブレザーが通信装置のマイクロフォンに呼びかける。「スズメバチは攻撃やめ。われわれ、帰還する」

5

NGZ四二九年六月一日、この重要な日とともに《ソル》宙航日誌のあらたな章をはじめたい。いつ完結するのかも、完結するのかどうかも、まだわからない章だ。ひょっとするとタイトルをつけたほうがいいかもしれない。なにかこの日に結びついた、ソラナー全員が驚くような、区切りをきわだたせる独特なタイトルを。〝はてしない旅〟というのもいいかもしれない……あるいは〝コスモクラートの任務にて〟もいい。そこにあらためて前文をつけるのだ。

この日がはじまったとき、どんな深刻な事態が起こるか予感していた者は、むろんいなかった。われわれはまず、スズメバチ作戦が終了したことをよろこんだ。その後、われわれは多くの部隊にかこまれながら、奇襲から回復してしだいに秩序をとりもどしていた敵から撤退した。深淵穴の周囲の空間ははげしい閃光と、プシ起爆装置の付随現象である次元嵐に見舞われていた。深皿状の物体は速度をあげながら、もとのポジションからの移動を開始した。

わたしはいくらか解放されて深呼吸した。《トリオ》が格納庫に入るとようやく、わたしの指示により、出動していた部隊が徐々にもどってくる。《ソルセル＝1》と《ソルセル＝2》が中央本体に連結された。ヘレン・アルメーラがシートにすわっているのが見える。神経がまいり、苦しそうな息づかいだ。フリント・ロイセンの汗ばんだ顔からは緊張が伝わってくるが、安心しているようだった。

「敵が明らかに攻撃態勢をとった」

主司令室から通信が入った。「深淵穴はさらに加速している」

「積極的な行動には出るな」わたしは命じた。「敵が砲撃を開始したら、こちらは撤退するまでだ」

「了解」

わたしは立ちあがったが、節々が痛むのを感じた。どうやら、からだをこわばらせて作戦にのぞんでいたようだ。ヘレンとフリントに会釈して転送室に向かう。ふたりはなにもいわなかったが、わたしの行動を認めて、感謝の意を表しているとわたしは確信した。一瞬のち、わたしは《ソル》の主司令室に入り……

……そこで文字どおり、硬直した。

かれがまたいたのだ。長身痩軀で、顔は八角形の皮膚片でおおわれ、呼吸孔にはフィルターがついていて、かさかさ音をたてている。すわった視線の目は輝くビー玉のようで、奥底が謎めいている。

わたしは驚きを気づかれないように、すばやく司令コンソールに向かい、挨拶した。

「カルフェシュ！　われわれは任務をはたした。満足してもらえるといいのだが」

「もちろんだ」かれは歌うようにいった。親しみのこもった調子だ。「なにが起きたか、見てみるといい」

コンピュータの表示と宇宙空間の通常光学観察映像に目をやる。深淵穴はいま、空虚空間を〝驀進《ばくしん》〟していた。苦心しても、ほかに表現のしようがない。非常に高速だが、さらに加速しており、この奇妙な航行に閃光と構造振動もともなっている。未知者の艦船はあらたな目標に向かっていた。もはや《ソル》など眼中になく、グレイの宇宙深皿の追跡にとりかかっているようだ。

次の瞬間、深淵穴が消えた。

計測機器が巨大な時空構造振動を記録した。衝撃波も起きて、《ソル》の防御バリアが燃えあがる。

「ハイパージャンプだ」エルデグ・テラルが茫然として、しわがれ声でいった。「深淵穴がハイパージャンプをした」

つづいてすぐにセネカが確認した。

「探知！　あの構造体が一光年先にまた出現しました」

わたしはグラフィック映像をじっと見つめ、映像では経過が確認できないことを一瞬で悟った。この距離では、単純な光速走査インパルスだと往復に二年かかる。対象をとらえられるのはハイパーベースで作動する探知装置のみ。それでも、一光年の位置にエネルギー構造体があらわれたことを、色のついた光の点でしめすことができるだけだ。カルフェシュはわたしの隣りにゆっくりやってくると、その手のきわめて敏感な鉤爪の先でわたしの肩に触れた。

「さ、準備万端だ」かれが熱心にいうのを聞いて、わたしは背筋に寒けがはしった。「深淵穴は正しい位置におちついた。深淵はその〝下〟にあると表現してもいいが、そこに創造の山がある。トリイクル9の土台部分だ。基礎は準備された。フロストルービンはじきに到着するだろう」

その言葉と話し方は、宇宙的な意味をはなつような奇妙な息吹《いぶき》を発していて、わたしはまたぞっとした。この宇宙セクターで……深淵の〝上〟にある宙域で起きたことを、わたしはどうにか論理にもとづいて把握できるだけだ。定命《じょうみょう》の者にとっては一段階高すぎる方法と帰結によって。

生体ポジトロニクスからの次の通知で、わたしの意識がそれた。深淵穴のあらたなポジションのそばに数千の探知インパルスがあらわれ、それが一万になり、つづいてさらに増えているという。それにくらべたら、われわれが先ほど相手にした敵艦船の数はひどくすくない。

「無限アルマダですね」濃淡グリーンが推測した。「この新来者はアルマダの一部にちがいありません」

わたしは考えこみ、感謝しながらうなずいていった。

「すくなくとも、もっとも速い部隊だな。混沌の勢力と戦うわれわれを支援するために、ナコールが先発させたのだろう。主要部隊の到着は数ヵ月後になるな」

いまの時点では推測にすぎないが、これまでわれわれと戦い深淵穴を操作していたあの七千隻の艦船が突然に撤退したことを考えると、これがもっとも論理的な説明ではないだろうか？　最初の通信が入ったとき、われわれの疑念は晴れたのだった……

《ソル》の今後にとって運命的な意味を持つと思われるNGZ四二九年六月一日は、このようにはじまった。決定的な出来ごとに先立ってなにが起きたのか思いだそうとして、もっとも重要なのは濃淡グリーンの思いがけない発言だったとわたしは気づいた。

女カプセル光線族の無償奉仕は、われわれが彼女のアルマダ部隊をトルクロート人から救ったことに対する感謝のしるしだったのだが、その期間がいずれ終わるということをわれわれはつねに考えておかなくてはいけなかった。それにもかかわらず、彼女の発言は全員を驚かせた。わたしの前に立った彼女が、無限アルマダにまたくわわりたいと話したとき、そこにはさらなる理由があることがわかった。われわれソラナーのなかで、彼女は孤独だったのだ。ただひとり種族の異なるカプセル光線族で、その故郷はアルマダ内部にある。彼女がわれわれのもとにとどまったら、どうなるだろうか？　彼女は、われわれが今後フロストルービンやカプセル光線族から遠ざかる道を進むと確信していた。われわれがアルマダにもどることはおそらくないだろう。

彼女が《ソル》をはなれて自分の種族のもとにもどったとき、その気持ちがわたしにはよくわかった。それでも別れはつらかった。すでに彼女はわたしのなかで大きな存在になっていたから。だが、彼女が自分のアルマダ部隊を引き連れてここにあらわれるときには、この別れの痛みもとっくに忘れ去られているだろう。

わたしは彼女のために用意した自動操縦のスペース＝ジェットを見送った。小型機が遠ざかっていく。目的地は深淵穴があらたに到着したポジションで、そこで濃淡グリーンはまもなく自分の種族と再会するだろう。

カルフェシュが横にならんだ。いまも息をするごとにかすかに音が響く。かれは手に持っていたキューブをわたしの前でコンソールに置いた。一辺が十センチメートルの立方体で、くすんだガラスでできているようだ。

「いったい、これはなんだ？」わたしはソルゴル人を見あげ、こわばったビー玉のようなブルーの目に見入る。「なにをそんなにあらたまっている？」

いつものように、ジータ・アイヴォリーとサーフォ・マラガンも会議用チャンネルでかった。

主司令室とつながっている。やはりいつものように、ふたりが言葉をひかえることはな

「かれはあらたな任務を携えているのかも」ジータが推測する。ふだんとはまったく異なり、ひどくしずかな口調だ。「われわれ、地球に帰還するというのでは、まったくなくて……」

「コスモクラートめ！」サーフォが毒づいた。「われわれをまったく休ませてくれない。わかっているぞ！　ひとついっておく、カルフェシュ。《ソル》を拝めるのは今回で最後だからな！」

わたしの見間違いだろうか。ソルゴル人の唇のない口の周囲でなにか、笑みととれるものがひろがっていないか？　いや、それどころか楽しそうな表情だ。

「きみたちは賢いな」カルフェシュがいった。「コスモクラートは正しい選択をしたようだ……」

「たったいま、いわなかったか！　かれらはまったくわれわれを休ませてくれない！」

「サーフォ、やめろ！」

「このちいさいキューブは」カルフェシュはつづけた。「かんたんにいえば〝プシ受信機〟だ。極度に危機的な救難信号に反応する。この宇宙にいる単独や集団の生物、一種族などが大変な危機におちいったら、受信機がそれを表示し、その者たちにつづく道を

しめすのだ」

　ここですこしかれは間をとった。突然、わたしは目眩を感じた。

「ずっと前からきみたちは探していただろう……自分たち自身の道を、任務を、使命を。わたしがきみたちに使命をあたえよう。きみたちは、自力ではどうしようもできない者たちを助けるつとめをはたすことになるのだ」

「コスモクラートの指示にしたがってか！」サーフォが吐きだすようにいう。なんの話か感づいたのだろうか？

「きみたちの判断にしたがってだ」カルフェシュは細かいところを訂正した。「さらにキューブの提案にしたがって」

「そのキューブはコスモクラートの製作物だろう！　結果的に同じではないか」

　わたしはなだめるように片手をあげた。自分自身でもそんなことをする理由はわからなかったのだが。頭がふらついていて、まだどうも理解しきれない。カルフェシュの提案は、われわれにとって呪いなのか、あるいは恵みなのか？　ようやく、われわれが一丸となれる任務にめぐりあえたのか？　あるいはこれは、われわれの集団を分断する重荷なのか？

　NGZ四二九年六月一日の夜遅くなっても、だれにも答えはわからなかった。この件についての議論が長く、部分的に熱くかわされた。当然、意見は分かれたが、しだいにカルフェシュの無理な要求を支持する意見が多数派であることが明らかになっていく。わたしは驚いた。スペース＝ジェットが深淵穴からもどってきて、濃淡グリーンがカプセル光線族の部隊に到着するまでに親しいアルマダ種族と会えたという知らせを伝えたときには、すでに《ソル》の今後の予定は定まっていた。

こうした結論が出た理由は、なんとなくしかわからない。われわれの大勢が、通常なら一種族が故郷惑星とのつながりを感じるようなかたちで、船に愛着を感じている。《ソル》はわれわれの故郷だ。そこに理由があるとわたしは思う。べつの考え方をする少数派には、銀河系に帰るための軽巡洋艦が用意された。しかし、つねに特別な使命を探しもとめてきたわれわれには……もとめているものが見つからなかったため、最終的に分断のリスクをとることになったのだが……任務があたえられた。この宇宙における危機を救うという、必死になれる目的を、とうとう得られたのだ。

カルフェシュが満足したとはっきり告げて《ソル》を永久に去ったとたん、プシ受信機が呼びかけてきた。キューブの乳白色のガラスが澄んでいき、危機に瀕した者たちの映像を伝えてくる。それぞれの表情が緊急の救助をもとめているのがわかる。

こうして《ソル》にとってあらたな時代が幕を開けた……その最初の任務について、わたしは報告しようと思う。のちに〝氷の靄〟と名づけられたものに関する任務だ。それはきわめて謎に満ちたかたちではじまり、まさに不可解なものとなり、最後にはあっけにとられるほどかんたんに終了した。

＊

スプーディがヴィールス・インペリウムに帰った。かれらは共生を一方的に打ち切り、サーフォ・マラガンからはなれていく。《ソル》が無限アルマダとともにスタートする直前のことだ。衰弱したベッチデ人から、とうとう決断権が奪われた。

サーフォは興奮してぶつぶついい、この展開に関与したとブレザーをとがめ、自分をあざむいたとスカウティを非難した。話しかけられることを何時間も拒み、処方された薬もまったく効果をあらわさなかった。スプーディを喪失したことによって脳が損傷するか、あるいは死を招くことさえあるのではないかとブレザーは心配し、そのため自責の念にかられた。

「あれがかれ自身の決断だったと、いつになったらあなたはわかるのかしら？」スカウティが説得するようにいった。「なにが起きようと、だれかに無理強いされて危険を冒したわけではない。かれはいつも自由意志で行動している」

「まさにそこが信じられないのさ」ブレザーは疲れたようにいった。「サーフォがスプーディの影響を受けていたのは確実だ。そのためきみとわたしのあいだに関係が生まれ、かれはいまもまだそれを自身のなかで消化できていない。これほど長くかれが共生にしがみついた理由のひとつは、われわれの関係だよ。その結果がこれだ。スプーディがなくては、かれはこれ以上やっていけないだろう」

「だれがそんなことといっているの？」

「いわなくても、明らかだ……」

「明らかなことなんて、なにもない」スカウティが話をさえぎった。「ひとつだけいっておくわ、ブレザー。いろいろ大げさに考えすぎるあなたの気質は理解しているつもりだし、それはあなたもわかっているでしょう。でも、この件は同情できないわ。あなたがサーフォをそれほど気の毒に思っていて、わたしたちがかれの状態を引き起こす原因になったかもしれないと恥じるなら、それは同時にわたしの……そしてあなたの息子を恥じることになるのよ。そんなの、公正だといえる？　自己憐憫《れんびん》ばかり聞かされて、わたしが楽しいと思う？」

ブレザーは目に見えて狼狽《ろうばい》した。肩を落として立ちつくし、無言で妻を見つめる。

「サーフォはなんとか切りぬけるわ」スカウティがしずかにつづけた。「衰弱しているけれど、かれもしぶとい男よ。立ちなおると思うわ」

なにもいわずにブレザーはかぶりを振った。自己をあわれむ気持ちや、ときに感じる深い懊悩《おうのう》が、そういったことに抵抗力があると思っていた者に傷痕をのこしていたことについて、まったく考えがおよばなかったのだ。

「そういうことじゃないんだ」かれは誓った。「まったく違う」

「わかっているわ。それでも、もうたくさんよ。あなたはわたしたちの味方だとわかっている。でもそうだとしたら、そろそろサーフォのために自己批判をつづけるのはやめて。かれとは終わっているの。あなたはそれをよくわかっているし、かれも同じ。かれにはべつの可能性がある。もうすこし気分がよくなったら、かれも気づくわ。あなたたちにはうまくやっていってほしいと」

ブレザーは彼女からはなれた。

「かれはわたしを非難している。ひょっとすると、憎んでさえいるかもしれない」

「もしそうだったとしてもよ。それならかれを避けるようにして。そんなに難しくはないでしょう？　とにかく、自分自身を責めつづけるより、ずっといいわ」

かれはうなずいた。もちろんスカウティは正しいし、かれ自身もわかっている。ただ、ときどきそう思えなくなるのだ。そのとき、突然ドアが開いた。鍵がかかっていなかったらしい。サーフォが医療ロボットに支えられ、よろめきながら入ってきたときには、ブレザーは叫び声をあげてしまった。死者のような顔がこちらを見ている。頬がこけ、唇は青くひびわれていて、目は落ちくぼみ、よどんでいる。サーフォは近くにシートがないかと探し、そこに倒れこんだ。からだがいまにも砕けてしまいそうなようすだ。それほど痩せこけて消耗している。

「どうしたの?」スカウティがたずねる。「《ソル》のなかで散歩なんてしないで、よく休んだほうがいいわ」

「話がしたい」サーフォは弱々しくいった。「ただそれだけだ」

しわがれた声で、数カ月も前から喉が乾燥しきっているようだ。チューブもスプーディ塊もついていないかれの姿は、ずいぶん久しぶりの眺めだった。ブレザーはかれの向かいに腰をかけた。スカウティにいわれたことを考え、気をとりなおす。この瞬間、すこしだけ成長したのかもしれない。

「話してくれ」かつての友をうながす。「ここで聞いているから」

サーフォは力なく白目をむきだし、からだを支えるように医療ロボットに触れた。

「多くをいうつもりはない」かれはなんとかいった。「ただ、きみとスカウティを非難したことを謝りたいんだ」

「謝ることなんてないわ」スカウティがいう。

「いや!」かれは意見を変えなかった。「わたしはずっとそう思っていて……」

「サーフォ! あなたは弱っているのだから、休まないと!」

「なんの話か、わかるか?」かれはあえいだ。「共生のことや、われわれがおたがいに考えたすべてのこと……」

「わかっているわ」

かれの目が、ブレザーの視線をもとめてさまよった。

「手を貸してくれるか？」

ブレザーにとっては骨身にこたえることだった。弱々しくうなずき、震えながら手をのばす。

痩せ細り弱った友の手をとる。冷たく肉がそげていて、まるで死者の骨に触れているようだ。顔をゆがめてほほえむと、サーフォもほほえみかえしてきた。痩せすぎていて、しかめ面《つら》のように見えたが。見慣れたしぐさで、今回も多くの意味はない。しかし、いま、ふたりの人間の新しい関係がはじまったのだ。それはまさにまったく新しいはじまりだった。

＊

いまサーフォ・マラガンに会うと、数カ月前、かれが病的で弱々しい姿をしていたなど、まるで信じられない。飛行のあいだにすっかり回復していて、わたしは心からうれしかった。長い共生生活はからだを衰弱させたが、あとまでのこるような作用や損傷などはなかったようだ。澄んだ目をして、わたしの隣りにまっすぐ立っている。

「コスモクラートの冗談だ！」かれがいった。もう何度めかわからない。「どうしてもそう思ってしまう。まったくいまいましいテストだ」

「いずれわかるさ」わたしはスクリーンから目をはなすことなく、そっけなく応じた。

サイバネティク・システムというのは、氷の靄にひそむ、夜のなかに輝く檻だった。ゾンデの一基が、名もない下の惑星地面で起きていることを引きつづき記録する。これまで状況に変化はないが、いつ突発的になにかが発生してもおかしくないと思われた。

発見されたのは、これがうまくいけば本当にあきれるほどかんたんで時間もかからないという、まさに驚くような解決法だった。素人のわたしが理解できた範囲でいうと、セネカは見つかったサイバネティク・システムのスイッチ回路に接触し、その思考・計算プロセスに侵入し、読みとりに成功したのだ。

「これは宇宙船の搭載コンピュータです」セネカが説明した。「あらゆる攻撃に万能な防御フィールドをつくるという課題を、氷の靄というかたちでみごとに処理しています。ただ残念ながら、この課題を根本的に誤解していて、宙航士を二度と外に出さないと考えてしまったのです。そのため救援信号がこちらにとどき、緊急事態であることが伝わってきました。コンピュータがフィールドを停止しなければ、かれらはおしまいです」

「わたしも、セネカがいつか同じように反抗的な反応をしめすという悪夢をみることがあるよ」

サーフォはこうつぶやき、わたしは同意せざるをえなかった。下で起きている事件はまさに、生命を脅かすような結果を生むかもしれない一コンピュータの些細《ささい》な故障、あるいは誤解が、いかにかんたんに起きるかということをしめしている。未知の者たちはただ防御しようとしただけなのに、搭載コンピュータは何者も突破できない檻をつくりあげてしまった。この惑星の熱気のなかに、灰白色で生気のない氷の檻を。

セネカがどんな努力をしたかはわからない。生体ポジトロニクスが未知のコンピュータ・システムと意思疎通をはかり、システムが命令を誤って解釈したことをどのように納得させたのか、まったく謎だ。専門家なら考えて説明をまとめられるだろうが、われわれ……サーフォとわたし、そしてSZ＝1のジータ・アイヴォリー……は、この試みがうまくいくかどうか緊張して待つだけだった。

実際には不可能ではないかとだれもが思っていたことが、現実に起きる。氷のような灰白色の、夜の闇に消えそうな光が、はじめから存在していなかったかのごとく消滅したのだ。だれかがスイッチを操作したかのようだった。いま走査機は、エネルギー的には定義できない靄にかくされていた船をとらえることができた。平たくまるい物体で、中央に円錐形の上部構造物がついている。このような構造物を見たことがない……故郷銀河からはるかにはなれた未知の星系でも。

「任務を達成しました」セネカが、システムの作成者に対する最後の疑惑を振りはらうかのようにいった。「わたしが干渉したことにより、サイバネティク・システムは宙航士たちを解放しました」

「その者たちとコンタクトできるか？」

セネカはその可能性は否定した。

「これまで質問に対する応答はまったくありません」

この瞬間、未知の宇宙船がスタートした。名のない惑星から浮かびあがり、加速すると、エンジンから炎を噴出して宇宙空間へ飛び立つ。異人たちはわれわれにまったく注意を向けなかった。

「こんなことってある？」ジータが、はじめて心を動かされたようにいった。「こちらを探知したはずなのに！」

わたしは肩をすくめ、サーフォの困惑している表情に気づいた。われわれはあっけにとられていた。未知の宙航士たちを危機から救いだしたというのに、かれらは礼の言葉もなく姿を消してしまった！　われわれの介入に本当に気づかなかったのかもしれない、と、わたしは考えた。あるいは宇宙空間に浮かぶ巨体の《ソル》を敵船と考えて、逃げなくてはいけないと思ったか。

かれらの思考を解きあかすことは、できないだろう。

われわれは、べつの場所に導いてくれる次の任務を待たなくてはならない。次回はコンタクトに成功するかもしれない。

下で苦しみつづけ、われわれを気にもかけずに消えた異人について、わたしは考えた。

奇妙な感覚だ。あらゆる手をつくしたあげく、このように電撃的に解決し、なにもなかったかのように宇宙空間にまたとりのこされるとは。

「かれらが何者か、われわれは知らない」心の底から言葉があふれ、わたしはしずかにいった。「かれらがどこからきて、どこへ行くのかも、われわれは知らない。ただ、なにをもとめているにせよ、かれらは平穏を見いだすだろう」

深淵の地の危機

アルント・エルマー

登場人物

アトラン……………………………………アルコン人。深淵の騎士
テングリ・レトス＝
　　　　テラクドシャン……………………ケスドシャン・ドームの守護者。深淵の騎士
ジェン・サリク……………………………テラナー。深淵の騎士
グナラダー・ブレク………………………ジャシェム。深淵の独居者
クラルト……………………………………グレイの領主。領主判事
ミゼルヒン…………………………………時空エンジニア
ローランドレのナコール…………………アルマダ王子

1　招かれざる客

銀色の流れが宇宙空間にあふれた。四方から流れてきて、そこからまたあらゆる方角にひろがっていく。表面は均一に輝き、その光で深淵の独居者は癒された。銀色の流れの源となっているのが調和だということを、はっきり感じる。銀色は完全をあらわす色で、この流れをつくりあげた種族の卓越した能力をしめしていた。

かれとその同胞たちの能力を。

この流れは次元供給機からあふれ、そこにもどっていく。ほかのすべての供給機からの流れとひとつになるのだ。そこにふくまれる情報は、重なりあう部分もあり、矛盾する部分もある。しかし、調和はかならずたもたれていた。

これらすべての情報を、独居者は注意深く吸収した。

〈時空エンジニアの終わりが近づいた。十五万名いたうち、のこりはすでに五名となり、

光の地平の上にある稜堡《りょうほ》に引きこもっている。そこはすべての流れが行きつくところ。そこでかれらは待っている〉

深淵の独居者グナラダー・ブレクは自身に集中し、内なる流れのささやきに耳をすます。かれは次元供給機に接近していて、銀色の一構成要素になっていた。情報は振りわけられることなくかれの魂に流れこむ。かれはその些末《さまつ》な部分にまで気を配った。

かれは情報の内容をくりかえした。時空エンジニアたちは待っている……終末を。ほかに選択肢はない。その時がきたことを、かれらは知っている。終焉は目前に迫っていた。深淵の地は完全に破壊しつくされるだろう。グレイ領主たちが勝利するのだ。

グナラダー・ブレクのアクティヴ体が力強く立ちあがった。いまは視覚器官をつくっていない。出来ごとを内部の意識ですべて受けとめれば、ことたりるからだ。

かれらはわれわれジャシェムのことを考慮に入れていない、と、かれは考えた。わたしのことも、ニュートルムのことも！

ニュートルムは深淵定数をこえたところにあり、グレイ作用に直接脅かされることのない最後の砦だった。もはやグレイ領主は、技術装置や次元空間を奪う手段を持たない。かれらはみずからその手段をなくしてしまったのだ。

深淵の独居者は一瞬、銀色の流れに対する意識をとめて、そのころのことを思い返した。ニュートルムを襲った不幸な物質化の原因がなんだったのか、いまもわからない。

かれの老齢が関係しているのか、深淵定数の上の不可解な空間で生きられるようになるための報いである、ジャシェムのからだの硬化が進行しているせいなのだろうか？　あるいはかれの種族も時空エンジニアも知らない、ほかの原因があったのか？

それとともに楕円体とミニ・ジャシェムの物質化がはじまったのだ。グナラダー・ブレクは物質化したものを独占し、生活にとりいれ、楕円体に腰を据えた。その意味について真実を知ったのはかなり遅く、そのときにはすでに手遅れだったということはよくわかっている。時の黄昏《たそがれ》には、さらに多くのものが物質化した。ミニチュア都市となったスタルセンが、輝く丘が……その後、シャッェンの地全体が。つづいて下の深淵から、深淵の地の同胞たちに逆らったグレイ領主の最初の意識がやってきた。そして、最終的にジャシェム帝国が物質化したのだ。それはグレイになっていた。楕円体の周囲に不可解な方法であらわれたすべてのものと同じように。

グナラダー・ブレクにとって、長い生涯のなかで最悪な時期だった。起きたことは認めがたい。真実は打ちのめされるものだったから。グレイ領主の三十六の意識が深淵とニュートルムのあいだの分離層に侵入し、かれの頭脳を手に入れたのだ。かれは物質化に影響をあたえる力を奪われたが、やがてサイバーランドでの深淵の騎士の行動とアバカーのボンシンの力によって、意識たちは深淵にもどされた。それは無意識での出来ごとで、独居者はこの苦い体験を心のなかで抑圧した。もう似たようなことは起きないでほしいという希望をいだきながら。

しかしそのほかに、早々に後継者を決定するよう迫られた。この件についてはかれにいわせれば、ただ一名のジャシェムしか対象にならない。それは物見高いカグラマス・ヴロトで、種族のなかでは一匹狼のように思われている。かれの好奇心のせいで深淵の騎士がサイバーランドにやってくることになり、領主ムータンの部隊の襲撃を撃退できたのだ。グレイ領主の意識から解放された独居者は、ふたたび〝壁〟を強固にし、ジャシェム帝国をグレイ化から救った。

しかし、それだけだった。深淵の地では、依然として状態はひどいようで、グレイ作用はさらにひろがっている。

独居者はふたたび次元供給機の情報流にさらに集中した。この流れは実際のところ、供給機の本来の機能の副産物だ。技術施設があるちいさい領域のわきに、次元空間のニュートルムが供給機とともに置かれている。供給機は現体制維持のために使われていた。時空エンジニアの指示を受けたジャシェムが設計し、深淵でこの地が存続できるようにしている。それはおよそ不可能な任務だった。というのも、深淵は空間の下にある空間で、アインシュタイン空間とほかの時空連続体を隔てるn次元層であり、銀河や宇宙の重層ゾーンが生じるのを妨げているから。深淵はいたるところにあるが、そこに入るための鍵を持つのはごく一部の者だけだ。

深淵は〝ライデンフロスト現象〟と似た作用をおよぼす。熱いかまどのプレート上に冷たい水を垂らすと、水の下に熱隔離層が生じるため、プレートの上ですぐに蒸発することなく水滴が踊るという現象だ。しかし、深淵の場合は目には見えないし、そこではこの過程がとぎれることなくつづく。深淵は自然の層であり、そのなかにあらゆるプシオン・フィールドの二重らせんが定着している。モラルコードと呼ばれる宇宙創造プログラミングの情報保管庫なのだ。

ニュートルムは深淵の地でもっとも重要なステーションのひとつだった。ここを支配する者は、深淵定数の下にある人工の地とその住民に対する権力も持っている。〈深淵についての情報〉具体的なプシオン・インパルスがかれの意識に入りこみ、その思考をおおいつくす。〈プシオン・フィールドのごく一部が通常空間に突出し、ハイパー次元性のゆがみが生じた。ポジションは、住民にベハイニーンと呼ばれている巨大銀河の境界から二百八十万光年〉

〝トリイクル9〟とベハイニーン銀河。この話を聞いたことのない者がいるだろうか。はるか昔、オルドバンが不注意な行動をした件について、どのジャシェムが知らずにいるだろう。たったひとりの人物の不注意が引き起こした結果について考えるだけで、グナラダー・ブレクは寒けを感じた。無限アルマダはプシオン・フィールドを捜索しつづけ、長いあいだ報われなかったのだ。その後、トリイクル9の代用品を構築するという任務をコスモクラートは時空エンジニアに託したのだった。

こうしてすべてがはじまった。ジャシェムの供給機が！　ジャシェムは時空エンジニアの呼びかけに応じてはならなかった。直接、コスモクラートに相談するべきだったのだ。

しかし、当時はすべてが異なっていた。グレイ作用のことや、時空エンジニアの強情さなど、だれも考えていなかった。あのときは、大いなる再建に助力するために深淵穴とスタルセンを通過して深淵の地に連れてこられた種族の生命が、いつか危険にさらされることになるとは、だれも心配していなかったにちがいない。

グナラダー・ブレクはふたつの目を形成し、周囲を観察した。多くは見えない。技術施設については、ただ暗い部分が点滅するのがわかるだけだ。次元供給機の周囲ではニュートルムの光景はゆがみ、床面、壁、天井はその大きさを失う。そこは実際、境界線が無数にあるいくつもの空間で、通常の生物にはまったく方向を確認することができない。深淵の独居者はすでに学んでいたため、見当をつけることができた。周囲のいたるところに供給機があり、それがプシオン映像を生みだしている。かれはそれを受け入れ、自身のからだの一部が金属になっているせいで起きる強いフィードバックを感じた。ひとつあるいは複数の銀色の流れに集中するほど、自身がその映像の構成要素になり、その風景や公園のなかにいるのと同じように動くことができる。しかし、これまでに体験したような楽園はもはや見ることはできなかった。いまはすべてがとにかく、どんよりしている。ただサイバーランドだけがオアシスをつくり、そことニー領にかこまれた光の地平だけが輝いていた。

光の地平の情報を！　独居者はそう考え、思考で明確な映像をつくりだすようにする。映像は銀色の流れとまじったが、そこに共振はまったく生じなかった。流れはたがいに位置がずれている。グナラダー・ブレクは短い脚をつくり、深淵時間で一時間以上前に歩み入った次元空間を探りながら動きまわった。べつの情報が無数に流れこんでくるが、そこには注意をはらわない。詳細は問題ではないのだ。スタルセンがどのように見えるかということにも興味を引かれないし、シャッツェンの保管係がなにをしているかも知りたくない。イグヴィやほかの種族とのコンタクトも重要視していない。

かれの頭にはふたつのこと、あるいはせいぜい三つのことしかなかった。

深淵の騎士はどこにひそんでいるのか？

時空エンジニアはなにをしているのか？

グレイの領主はどんな計画を練っているのか？

ようやく正しい銀色の流れをふたたび見つけると、急いでこの映像に入りこんだ。答えを見つけて、愕然とする。最悪の事態を覚悟することになる情報を得たのだ。

この事態からサイバーランドをどうやって遠ざければいいのだろうか？　かれは自問

した。なにをしなくてはならないのだ？

銀色の流れの情報がくる。

〈ヴァジェンダは枯渇し、サイバーランドへのヴァイタル流は存在しない。壁ももはや役にたたず、深淵の地はグレイになった！〉

映像はかれの脳に突き刺さるだけでなく、魂にも衝突してきた。グナラダー・ブレクはよろめき、倒れた。横たわったまま、それ以上の情報が入らないように防ぐ。なんとかからだを起こして、はうように次元供給機の領域をはなれた。映像がぼやけ、周囲の光景がまともな輪郭をとりはじめた。自分が乗ってきたサイバネティク車輛がとまっているのが見える。かれはそれを呼んで乗りこんだ。

「わたしはどれだけかれらを憎んでいることか！」車輛が轟音《ごうおん》をたてて進むあいだ、かれはうめいた。「どれだけ軽蔑していることか、時空エンジニアよ！」銀色の流れによって知った最後の五名の名前をひとりずつ、ののしるように口にしていく。「かれらは深淵の地とすべての種族を裏切った。なによりもまず、コスモクラートを裏切った！グレイ領主やグレイ作用よりもひどい存在だ。とにかくコスモクラートには、この件でいつかかれらの責任を問う機会をつくってもらいたいもの！」

サイバネティク車輛はかれを中央管理施設でおろした。施設は楕円体の位置からはなれていないところにつくっている。楕円体のなかにはグレイ領主の小型版に姿を変えたミニ・ジャシェムがいたが、ニュートルムで意識をとりのぞかれたあと、動かない状態になった。その数時間後、楕円体は収縮をはじめ、独居者が〝壁〟を完全にまた安定させるより前に、ただの有機物のかすの山になってしまったのだ。グナラダー・ブレクはそれをサイバー装置で対消滅《ついしょうめつ》させ、自身の施設の高性能バッテリーのためのエネルギーに変換させたのだった。

独居者は深淵監視システムのすべてを作動させる。そこで得られたのは、すでに知っていることについての直接的なイメージだ。銀色の流れの情報で心の内は苦しんだが、いまはかなりおちついていて、入ってくる情報を専門的知識で処理していった。

グレイ作用は深淵の地全体にあふれ、サイバーランドも打撃を受けていた。独居者は自身の角張ったからだに把握アームをつくり、制御サイバネティクスのひとつにある青い染みに触れた。転送機は完全に停止している。独居者が使う場合をのぞき、ジャシェム帝国の転送ドームとのエネルギー接続もいまは存在しない。これでグレイになった同胞はだれも、かれをニュートルムからおびきだせないだろう。

「わたしの種族であるジャシェムも、グレイ生物になった」かれは気むずかしい表情でいった。「これで深淵で最高の科学者種族は、破滅と宣告されたのだ！」

かれはいまや、まだグレイになっていない唯一の生物だった。

独居者は数万深淵年の生涯ではじめて、独居の本当の意味を理解した。かれはただひとりで、宇宙はかれに対立している。深淵の騎士はどこにいる？

あるいは違うのだろうか？　深淵の騎士たちが最後の稜堡に到着したのを確認した。のこったヴァイタル・エネルギーの力がますます弱まって光の地平にあふれるなか、かれは無力感をともなう怒りを感じながら、深淵の騎士とその連れが時空エンジニアと同盟を結ぶのを目で追った。この展開にほかの解釈の入りこむ余地はない。深淵の騎士は、自分たちが時空エンジニアの計画にとりこまれるのを認めたのだ。時空エンジニアは騎士のふたりをグレイ生物にした。そばにのこしたのはひとりだけ。それと、ホルトの聖櫃《せいひつ》だ。「かれらは光の地平にいられないことをわかっているのだ！」深淵の独居者は吐きだすようにいった。「かれらにとって逃げ道はただひとつ。まったく、憎むべき者たちよ。勘違いしている！　かれらが深淵から出る道はない！」

独居者は監視システムに背を向け、これまでの生涯で一度も考えなかったことをした。武器を探したのである。それを時空エンジニアに向けるのだ。

＊

奇妙な感覚だった。実際、こうしたことをはじめて体験する者には説明しがたいものだろう。わたしは首をまわし、光の地平に目をはしらせた。下では領主判事クラルトがアトランとジェン・サリクと会っているが、わたしにはかれらは見わけられない。金色の力がわたしをつつみ、深淵の地の上に引きあげた。わたしとホルトの聖櫃をとりかこむ時空エンジニア五名がぼんやり見える。地面はひびわれていた。ヴァイタル・エネルギーの最後の蓄えが恐ろしい力で地表に噴きだして柱となり、時空エンジニアの意志にしたがって動いている。

われわれは深淵の地の上空をおおう雲に到達し、そこを通過した。空気の流れすら感じない。反重力の環境にいるかのようだ。

柱のとどろきだけが聞こえる。ヴァイタル・エネルギーによってわれわれはいっきに上昇させられた。エネルギーはできるだけ早くわれわれを厄介ばらいしようとしているかのようだ。ささやき声が聞こえる。集中すると、聖櫃の声だと気づいた。まとまりのない思考があふれている。深淵の息吹《いぶき》のようなものが吹きつけてくるのを感じる。しかし、金色の柱によって、装甲のようにはねかえされた。

ニュートルムがわれわれの目的地だ。またたく間にわれわれはそこに到達した。グレイの雲が消えて、グレイの明るい輝きに場所を譲る。その輝きがとどろく柱をとりまいていた。どこかでかすかな音がして、柱が砕け、ヴァイタル・エネルギーがあらゆる方向にあふれだす。

終わりだ！　わたしはそう考えた。深淵に吸いこまれたグレイ領主たちは、われわれをとらえる方法を発見したのだ。時空エンジニアが誤算したということ。

声が響く。ミゼルヒンだ。

「着いたぞ！」声は告げた。「独居者はわれわれの到着にすでに気づいている。かれとともに待とう。その日がくるまで」

どの日のことなのかいわなかったが、時空エンジニアは話をつづけた。

「トリイクル9が深淵に帰還する日だ。われわれが手をこまねいていれば、その日は数十億もの死と、想像もつかない破壊に脅かされる。その日に運命がかかっている……」

ヴァイタル・エネルギーがまわりに流れている。われわれは高くひろい部屋に立っているのがわかった。周囲には技術機器や音もなく作動する装置がならんでいる。部屋の中央に、一名のジャシェムがいるのが見える。そのからだにはニュートルムの尋常でない状況が反映されていた。からだの半分が真紅の金属物質に変わっているのだ。このジャシェムが輝く視覚環でわれわれを見つめる。かれは三本の腕をつくっていて、なにか杖のようなものを持っていた。

「もどれ！」かれは鋭くいった。「即刻、ニュートルムを去るのだ！」

その杖で時空エンジニア五名をさししめす。

わたしは前に歩みでてたずねた。

「独居者よ、わたしがわかるか？」

「ああ、深淵の騎士だな。わからない者がいるだろうか、テングリ・レトス＝テラクドシャンよ。ホルトの聖櫃も知っている。ウファン・ホルトの一部で、かれの本質だ。かつて時空エンジニアは、深淵穴のようすを見るために聖櫃を送りだした。しかし、遅すぎたのだ！」

これまで時空エンジニアたちは沈黙をたもっていた。ヴァイタル・エネルギーが均一にあらゆる方向に分散し、見える範囲でニュートルムの全体に、金色の光として壁や機器にはっきりあらわれるのを、大きな目で観察している。

「独居者よ！」ミゼルヒンが声を高めた。長く細い腕が脚の横で揺れる。「われわれ、救うべきものを救うためにやってきた。最後の時空エンジニアはしるしを見て、そこからメッセージを読みとった。深淵の地の時代は終焉に向かっている。かつて失われたものが、やがてもとの場所にもどるだろう。世界のあいだの壁はすでに砕けはじめている。きみはよろこぶかわりに、われわれを武器で脅すのか！」

「独居者がなにをよろこぶというのか？　おのれの種族はグレイになってしまい、時空エンジニアは失敗した。グレイ領主たちだけがのこり、ニュートルムはただひとつの避難地となっている。そこを最後の時空エンジニアが危機にさらすのは許せない」

時空エンジニア五名は全員、ジャシェムのほうを向いた。小柄で未発育で身長一メートル弱のヒューマノイド五名が独居者の前に立っている。かれらの褐色でしわだらけの皮膚は、ミイラを思わせた。からだは弱々しく、大きな禿頭《とくとう》を支えるのも大変そうだ。顔のなかできわだつ大きな褐色の目は、暗い井戸の穴のようだが、それが乞うように、いくらか思いやりをこめてグナラダー・ブレクを見つめる。鼻と口はほとんど目立たず、ゆがんでいた。脚は胴体と頭の重さで短くなり、腕は膝までとどいている。脚に指はなく、黒い角質におおわれていた。子供が大人の靴をはいているようで、次元をこえた存在に見える。かれらの地位と過去を感じさせるものは、この生物のどこにも見当たらない。

一方、ジャシェムは長身で四メートルもあり、モノリスのようだ。紺色と赤色に輝く不規則なかたちは、基本的にはジャシェムのパッシヴ体だが、グナラダー・ブレクはパッシヴどころかきわめてアクティヴに動いている。時空エンジニアに向かいあい、からだのわきにつくったあらたな二本の腕を伸ばすと、きしむような声でいった。

「裏切り者！　あんたたちを処罰できるような法は、この世界にない。失望し裏切られた者の復讐があるだけだ。あんたたちははるか昔に任務を放棄した。自分たちの使命とのつながりを失い、トリイクル9を再構築するという本来の計画からそれて、独力で代用品をつくろうとしたのだ。それによってなにが引き起こされたか、知らないのか？　トリイクル9とは、無数の情報プールを集めてプシオン・フィールドのかたちにしたものの！　あんたたちはこのフィールドを情報プールごとに複製するのではなく、急いで目的を達成するため、あらたにつくりだそうとした。決定的だったのは、再構築のためのプシオン性ベースを種族放浪によってつくるという、その無能さだ。あまりに軽薄すぎる。この試みの初期の段階から、ジャシェム種族はすでに激怒していた。過ちをおかすとわかっていたからだ。モラルコードを外部から変更することは許されないし、代用品をつくることがどんな結果をもたらすか予想できる者もいない。

モラルコードの損傷は、はるか昔には宇宙の転極と力の変位を引き起こした。生きているすべての事物に構成要素として内在してそれらを結びつけている根源的エネルギーが、破壊されたのだ。それをあらたに構築するなど、凶悪な脳かとんでもない愚者の脳が考えること。答えをくれ、理性を失った強情者たち、自負心に満ちた高慢な者たちよ。あんたたちは壮大な仕事をなしとげたくて、自分たちのÜBSEF定数からあらたなトリイクル9のプシオン構造をつくろうとし、もともとのトリイクル9の土台があった創造の山をしだいに登っていった。そのすべてが間違っていた。正気を失ったのだ。コスモクラートがなにもわからないと思っていたのだからな。

われわれジャシェムは警告し、やめるよう懇願した。コスモクラートに知らせると脅しもした。そして、言語に絶することが起きたのだ。それによってわれわれは永久にあんたたちと断絶し、いまもまだありありとのこる嫌悪感が生じることになった。あんたたちはスタルセンの上の深淵穴も、創造の山の土台にある第二の出入口も閉じてしまった。コスモクラートが自分たちの行動に終止符を打つ準備をしているのではないかという不安から、深淵の地を孤立させたのだ。それが終わりのはじまりだった。その終わりさえ、すぐそばに迫っている！」

独居者は怒濤《どとう》のように話しつづけると、口笛のように大きな音を出して話を終えた。両手に持った杖が揺れ、その先にちいさい点がほのかに光る。グナラダー・ブレクは武器をミゼルヒンに向けた。

ここでふたたび、時空エンジニア五名の名前を呪うように唱える。

「ミゼルヒン！

グルデンガン！

ブールンハアル！

ジョイリン！

ニューセニョン！

あんたたちが最後の時空エンジニアだ。自分たちの種族に釈明をしなくてはならない責任を負っている！　かつて、いったいなにをしたかったのだ？　超越知性体になりたかったのか？」

ミゼルヒンはわたしのほうを向いて説明した。

「かれは深淵の独居者で、すべてを知っている。次元供給機の情報流を読みとっているのだから」

「なるほど」わたしは応じた。「だが、そこは問題ではない。われわれ深淵の騎士がこの光の地平にきたのは、疑問に答えを見つけたいと思ったからだということを忘れてはならない。その答えはどこにあるのだ？　グナラダー・ブレクにもわれわれ同様、それを知る権利があるのではないか？」

「前にいった言葉をくりかえすが」ブールンハアルがはげしくいった。「われわれ、あなたがたの助けを必要としている。時空エンジニアは、自分たちがしなくてはならないこと、できることを実行した。それ以上は不可能だった。われわれはあなたがたを待っていた。多くのことを委託しなくてはならないからだ。さらに、われわれにはきみの援助も必要だ、独居者よ」

グナラダー・ブレクはかれらからすこしさがった。ジャシェムの反応の意味を探るのは、わたしにはむずかしいのだが、その態度が驚きと嫌悪感をあらわしていると考えるのは、あながち間違っていないだろう。

「ジャシェムはけっして時空エンジニアを援助などしない！」かれは声をとどろかせた。

「ニュートルムの力をわかっていないな。みずから出ていかないなら、力ずくで追いだすまで。あんたたちと手を組んだ深淵の騎士もだ。深淵の騎士もまた、ジャシェム種族と深淵の地全体を裏切った！」

ミゼルヒンは左腕を伸ばした。その腕はとても長く、深淵の独居者が持つ武器にほとんど触れんばかりだった。

「復讐を望んでいるのだな」時空エンジニアはおだやかにいった。「わかった。では、実行するがいい！　殺せるものなら、殺してみろ！」

わたしの聞き間違いか、あるいはその声には嘲弄がまじっていたのか？

〈これが時空エンジニアの秘密のひとつだ〉と、聖櫃のメンタル音声がわたしの頭のなかで響いた。〈かれらを殺せる者はいない。銃で撃たれても平気だ。食事に毒を盛られても作用しないし、殺すと決めて向かいあった者の殺意は愛情に変わる。賢く力強いジャシェム種族は、数えきれないほど長い深淵年のあいだ、おのれの力でグレィ作用に抵抗してきたが、そのかれらでさえも時空エンジニアが不死身な理由を解明できていない。今後も解明も理解もできないだろう。そのための時間などないのだから！〉

深淵の独居者は武器をしっかりかまえた。時空エンジニアが一歩前につめよる。

「わたしになにを望んでいる？」グナラダー・ブレクが大声でいった。

杖が両手から落ちる。かれは両腕をひろげて、ふたつめの視覚環をつくった。そのからだはモノリスに似たところがなくなって、いまはしなやかな卵形の物体となり、可能なかぎりちいさくなっていく。

「助けてもらいたい！」ミゼルヒンがくりかえした。「われわれは援助をたのんでいるのだ。拒絶してはならない」

「断りたいところだが、断れない。それでわが種族を助けられるのなら、応じよう。どうすればいいか、教えてくれ！」

「われわれはきみの助けを借りて、次元供給機をあらたに調整しなくてはならない。救済の方法はただひとつ。深淵の地を破壊しなくてはならないのだ！」

わたしは動けなくなった。考えてもみなかった話だ。わたしは深淵の騎士として、また、ハトル人テングリ・レトスの姿を持つ監視騎士団創設者のプロジェクションとして、深淵の地がある深淵のかなりの部分に責任を感じている。コスモクラートに呼ばれたとき、わたしはすくなくとも、大まかなかたちの任務をかかえてやってきた。手探りしながらグレイ領主の罠へと進み、解放されたあとは、アトランとジェン・サリクが深淵の地を通っていくのに同行した。われわれは深淵の地を救い、時空エンジニアが計画を実行できるようにするため、グレイ作用との戦いに力を注《そそ》いだ。ところがあとになって、それが計画にもはや合わなくなっていたこと、さらに時空エンジニアが間違いを重ねていたことを知った。深淵の孤立によって、住民たちはこの地を去る手段を失い、とうとうグレイ力に引きわたされてしまったのだ。

時空エンジニアがトリイクル9の代用品をつくりあげるためだけに、このすべてを考慮しなかったのだとしたら、どれだけ頑固で他人まかせだったことか。

われわれは光の地平に到達し、偉大な種族の最後の五名を発見した。グレイ作用におびやかされていたため、かれらに質問をし、その回答を待っている余裕はなかった。時空エンジニアはアトランとサリクに任務の準備をさせてから、ホルトとわたしを連れてニュートルムに逃げこんだ。いまなお疑問の答えはもらっていない。しかし、記憶にはのこっている。

時空エンジニアもわたしと深淵の独居者と同様に、それを知っているはず。かれらの種族はかつて超越知性体への敷居に立ったが、いまどれだけのこっているというのか。本来の姿をした生物は五名だ。のこりの十四万九千九百九十五名はグレイ生物への道を進み、グレイ領主として深淵の地や、自分たちが吸いこまれた深淵に存在している。

可能ならばだが、深淵の地の救済はどのようなものになるだろう？　〝上〟の通常宇宙ではいまが重要な局面であることを、われわれはわかっていた。オルドバンがトリイクル9を発見し、ペリー・ローダンはこのフロストルービンを本来の位置にもどすために努力している。深淵の地とその種族、数十億の生物を救うために、どれだけの時間がのこっているだろうか？

事物のつながりについて膨大な知識はあっても、時空エンジニア五名の計画する救済がどんなものになるのか、わたしにはまったくわからなかった。時空エンジニアの打ち明け話に、聖櫃がメンタルの声で悲鳴をあげたのが聞こえる。深淵の独居者のからだの表面で、ふたつの目のあいだに大きくて真っ赤な斑点が生じたのが見えた。

2　次元供給機

領主ムータンは死の直前、サイバーランドでの出来ごとに関連して、時空エンジニアの捨て身の計画について触れた。かれらはそれに救済を期待していたが、実際は深淵種族にとって破滅を意味するものだった。いま、わたしはそのことについて考えざるをえず、床にころがっている杖をじっと見つめた。杖は部品ごとにゆっくり分解していき、あちこちに向かって動きはじめ、ニュートルムにそびえる技術機器のなかに消える。

「すまない」深淵の独居者はいった。「危害をくわえる気はなかったのだ。だが、あなたたちの権威を信じるのがわたしにとってむずかしいのはわかってもらえるだろう。あなたたちの種族は、ジャシェムの尊敬の念のなかで下位に沈んでいる」

時空エンジニアたちは理解しているという表情をした。ミゼルヒンは細い両腕をあげ、うしろでぼやけた輪郭が見える空間をさししめし、

「次元供給機が答えをくれるだろう」と、大声でいった。「きみは、きみがつくることのできる目をすべて開くのだ。そうすれば、だれも時空エンジニアの能力を疑わない。

しるしに気づかなかったか、グナラダー・ブレク？」

「いや、気づいた、ミゼルヒン。すごいことが起きている」

「プシオン・フィールドがもどってくるのだ」と、ニューセニョン。「コスモクラートはすでにそれを明かしていた。グレイ生物に対抗する強大な戦力を送るかわりに、深淵に偵察員三名を派遣したときに。それが三名の騎士だ。遅くともこの瞬間、われわれは深淵の地がかれらの計画でもはやなんの役割もはたしていないことを知った。物質の泉の彼岸ではわれわれによる救済がとくに必要ではないということを、われわれ、すでに確信している。コスモクラートは深淵の地を犠牲にする気でいる。オルドバンが永遠の時をへて、捜索という目的を達したからだ」

グルデンガンが話をさえぎり、われわれの注意を引いた。

「トリイクル9の帰還の瞬間、深淵の地は通常空間に浮かびあがるだろう。そうなれば通常の物理学的法則の影響を受ける。しかし、深淵の地はそれに合わせて構築されていない。深淵で築かれたのだから。ニュートルムが動きを管理しているため、深淵で存在しつづけられるのだ。通常宇宙では崩れてしまい、深淵種族は混乱におちいり、数十億の生物が死ぬだろう。もし……」

「早急になにか対処しなければ、だな」わたしは口をはさんだ。「コスモクラートのことはよくわかっている。どんな思考回路で行動するか知っているし、予測できる。きみたち自身もそれをとっくに見ぬいている。モラルコードの修復は、深淵種族の存在よりも重要だ。きみたちは再構築の実行をやりとげられなかった。だから責任はきみたちにあるということ。よし。われわれ騎士は、きみたちの言葉をそのまま信用する。深淵種族を救うのだ！」

「そのために、われわれはあなたがたを待っていたのだ。グレイ領主は深淵の地の破壊を阻止しようとするだろう。それが自分たちの権力の終わりを意味するとわかっているから。深淵の地がなくては、臣下や土地を持たない暴君となってしまう」

「わたしはあなたがたに手を貸すと約束しよう」深淵の独居者は強調した。「実際になにが起きるかわかったら、すぐにでも」

「きみがたずねれば、次元供給機が教えてくれるだろう」ブールンハアルがいう。「当時、きみの種族が時空エンジニアのイメージにしたがってつくったのだから。供給機は真実について知っている。さらに、通常宇宙と深淵のあいだの境界がしだいに通過可能になることもわかっている。さ、とりかかってくれ！」

このとき、ニュートルムに到着してからはじめて、ホルトの聖櫃が全員の注意を引いた。時空エンジニアの周囲をまわり、グナラダー・ブレクのすぐ前で浮遊したまま停止する。

〈時空エンジニアを信じるな、独居者。かれらはわたしよりもずっとうまく嘘をつく。

かれらがこれまでほかの生物にまじめに話したことがあるか？　わたしを見てくれ！　かつてかれらは、深淵穴が通過可能であることを確認するためにわたしを送りだした。わたしが光の地平に帰ろうとしたときには、通過はもはや不可能になっていた。時空エンジニアは、わたしを連れもどそうともしなかった。わたしは工芸品としてみじめな存在でいなくてはならなかった。まったくひどいものだった。わたしはホルトだが、同胞はどこにいる？　かれらはどうなった？　あらゆる生物がわたしのような境遇にあるのではないか？　チュルチを知っているか？　かれもわたしのように孤独だ。そして、あんたはどうだ？　誇り高いジャシェム種族はどこに行った？〉

「黙れ！」深淵の独居者が黒い箱を叱りつけた。「しずかにしないと、ウファン・ホルトは永遠に解体されたままになるぞ。わたしは時空エンジニアを信じ、かれらが望むことをする。次元供給機が回答をくれたらすぐにだ！」

〈ウファンが永遠に解体されたままだといい〉と、聖櫃のメンタルの答えがあった。〈それとも、わたしがかつて自分の独立をあきらめたと思うか？　ホルトをばかにしてはいけないぞ〉

「きみはアミノ酸の黒い箱だ、ホルト。貧弱なコンピュータがさらに貧弱なつつみにおおわれているだけ。深淵の騎士とはこれまで充分に話しあい、その内容をジャシェムが記録してニュートルムに転送してきた。そのひとつに、きみは靴箱と記録されている。

きみはただの入れ物にすぎないのだ！」

かれのふたつめの視覚環が消えて、かれは機器のほうに向かっていった。われわれはそのあとを追った。周囲では、のこりのヴァイタル・エネルギーが、ニュートルムの目に見える境界領域内で最終的に安定していた。エネルギーは銀色の輝きを金色の膜でおおい、やわらかくおだやかな光がひろがっている。

「しるしがあるだろう」ミゼルヒンの声が隣りで響いた。時空エンジニアはそばにきていたのだ。

「しるしなら深淵の地で数多く見てきた」わたしはいった。「なんの話だ？」

「深淵穴でなにかが起きる。忘れないでほしいが、深淵の地を築いたのはわれわれだ。すべてのものかかわりを、われわれは知っている。深淵穴は変化するだろう。われわれはここに到着したさい、グレイ領主がニュートルムに対してなにもできないように手配した。サイバーランドとの接続を完全に遮断したのだ。接続は二度と復活しない。不必要だからな！」

ふたたびホルトと論争をくりひろげている独居者のところにわれわれはもどった。聖櫃がジャシェムを挑発するが、かれは心変わりしない。すべて時空エンジニアの意のままだということがわかる。そうしてグナラダー・ブレクが実際、どこまで信頼できる仲間になったのか、真意をはかっているのだ。

〈あきらめろ〉わたしはテレパシーで聖櫃にメッセージを送った。〈時空エンジニアを暴力的介入から守るという現象がみごとに効果を発揮したのだ。これをなんと名づければいいだろう？　かわいい子供症候群か？〉

押し殺した笑いが答えとしてあり、わたしがものごとの核心を突いたことがたしかめられた。時空エンジニアは相手にプシオン性の影響をあたえるオーラを持っている。最大の脅威にさらされたような瞬間、そのオーラが敵のなかに同情や共感を生じさせ、本来のもくろみを中断させるのだ。この種族にはほかにもいくつか謎があり、それはわれわれがニュートルムに到着したあと、最初に聖櫃がいったとおりだった。

グナラダー・ブレクは監視装置の一部を作動させた。グレイ作用がスクリーンから迫ってくるようだ。深淵の地には傷つけられずにのこった場所はもはやないとわかった。グレイ領主の勝利はどうやら決定的だった。

アトランとジェンはどうなっただろうか？　ふたりは偽装を維持できているだろうか？　あるいはすでに正体がばれただろうか？　時空エンジニアの計画はひとえに、ふたりが外見だけグレイ生物に見せかけていることが知られずにすむことにかかっているようだが。

装置にはスタルセンがうつっている。ムータンやシャツェンが見え、ジャシェム帝国、深淵の地の中心で活動を停止しているヴァジェンダが確認できた。すべてが一様にグレイだ。時空エンジニアがそこからすべてのヴァイタル・エネルギーを光の地平に送ったから。それも、アトランとジェンがスタルセンで受けた、救援をもとめるヴァジェンダの声の理由だった。いま下にはもはや、グレイ作用に逆らえるものはなにもない。現存するヴァイタル・エネルギーのすべてが、ここニュートルムに集まっている。

光の地平が見えた。われわれ三名はそこに逃げこむことに、からくも成功したもの。グレイの壁に押しやられ、最後の稜堡にたどりついたのだ。そこで時空エンジニアが待っていたが、稜堡にはなにものこっていなかった。破片が散らばり、色も物質も周囲の光景と変わらず、周囲に溶けこんで見えなくなっていた。

すべてグレイだった。

光の地平は失われたのだ。

光りゆらめくなにかが見えて、わたしは注意を引かれる。創造の山だった。ガラスの橋がはげしい音とともに粉々に割れたあと、山は深淵の地からはなれ、いまなお虚無に向かって漂流している。深淵の地で生きる者はだれも到達できない場所だ。いつか完全に消えてしまうだろう。

「いま、それがどこで起きるかわかった」ミゼルヒンがいうのが聞こえた。「あの山には目的地がある。同じく、深淵穴も目的地に達するだろう！」

わたしは言葉の意味を解きあかす説明を待ったが、結局なにも得られなかった。

〈心配無用だ〉ホルトが伝えてきた。〈メンタル能力のある生物なら、次元空間でなにも恐れる必要はない。狂気におちいってしまうのはふつうの定命《じょうみょう》の者だけだ〉

「グナラダー・ブレクはふつうの定命の存在だぞ！」

〈かれのメタボリズムはニュートルムの状態に適合しているのだ、レトス＝テラクドシャン！〉

＊

周囲の輪郭と境界線がゆがんでいる。目にうつるのは、銀色とブルーの混乱した模様だけだ。輪郭はつねに変化しつづけ、稲光のように見る者を襲い、やはりはげしい勢いでもどっていく。床は足もとから消え去っていたが、わたしがバランスを失うことはなかった。目を閉じて、テレパシーの感覚を活性化させたとたん、銀色の情報の海に飛びこんでいた。あらゆる色の映像とメッセージの氾濫《はんらん》でおぼれそうだ。即座にわたしはこのイメージをブロックし、半分まぶたを開いた。わたしの近くにいた黒い箱は消えていた。時空エンジニア五名は半透明で非現実的な姿をしている。かれらはよりそうように立っていたが、次元供給機の近くでは空間的な関係が失われていた。さらに、おそらく時間的な関係も。五名の姿がどんどんずれていく。

〈レトス、きてくれ〉というテレパシーのメッセージをわたしは受けとめた。はじめはホルトに呼ばれたのだろうと思ったが、虚無から生じたかのようにあらわれたのはジャシェムだった。隣りにならんで、長い腕を伸ばすと、わたしをつかんで引きずっていく。独居者についていくと、銀色でつかみどころのない迷宮に導かれた。かれはまるでそこで生まれたかのようだ。

次元供給機が深淵の地での動きに反応し、わたしは独居者の思考を受けとった。〈驚かないように。ここで音を使って伝えようとしても意味がない。供給機は、ジャシェムがつくりあげた最高作だ。われわれ種族は祖先の偉業を誇りに感じる〉

かれが立ちどまり、わたしはまた目を閉じた。メンタル能力のない生物だったら、この環境では窒息していただろう。色とイメージに脳が圧倒され、発作を起こしそうだ。

それが、時空エンジニアがジェンやアトランではなくわたしをここに連れてきたひとつの理由かもしれなかった。ほかにもなにか理由があるはずで、わたしはそれを確信していた。いずれ判明するだろう。

〈映像に集中するのだ!〉また独居者の思考が聞こえる。〈この映像で、すべてをより理解できる〉

かれのメンタル的な近さが薄れた。肉体的にもわたしからはなれたようだ。わたしはあえて目を開けようとせず、みずから積極的に精神的コンタクトをとろうともしなかった。いわれたとおりにして、映像に注意を向ける。

創造の山が見える。金色に輝き、眼前にそびえていた。それは深淵の虚空にあり、深淵の地についてははるか遠くまでなにも見えない。山は情報でできた銀色の流れを発していて、その周囲にはちいさな金色の立方体が数えきれないほど集まっていた。この光景に、わたしはたちまち、深淵の地ではじめのうちに経験したことすべてを思いだした。

それらはスタルセン供給機だった。山の近くからはなれ、わたしに向かって漂ってくると、眼前で大きくなる。そこにうつしだされる鋼の支配者のこわばった顔が見えた。わたしの顔だ。これは、そのときわたしの注意を引くただひとつの方法だった。

〈スタルセン供給機が消えたあと、深淵穴の下の都市では階級制度が廃止された〉銀色の流れがテレパシーで情報を伝えてくる。〈都市の第一従者となったチュルチは、だれも飢えないように気を配り、スタルセンをあらたな繁栄に導いた。しかし、それがつづいたのは数深淵年のみ。その後、グレイ作用がスタルセン壁をこえて都市をのみこんだ。いまやチュルチはグレイ生物の最高告知者で、かれのサドルバッグはウェレベルが持っている〉

メイカテンダー種族のウェレベル！

忠臣チュルチ！

スタルセンの映像を見た。グレイでわびしい町の建物がそびえている。旧・深淵学校のかしいだ塔が周囲の建物に向かって倒れそうに見えるが、それはプシオンの幻影だ。

塔もやはりグレイで、深淵定数の下の雲がたちこめる空を背景にほとんど目立たない。

塔の上に一瞬、ちいさい閃光が見えた。

深淵リフトか？　なにがあったのだろうか？　じっと見つめるが、その光景がくりかえされることはなかった。

〈ほかの映像を！〉と、わたしは思考した。

銀色の流れはわたしの精神に呼応し、方向を変えた。すぐに分岐して支流がこちらにのびてくる。

音もたてずに口を動かす石像が見えたと思ったとたん、石像は崩壊し、ホルトのように見える影が遠ざかっていった。その後、グレイの輝きを持つ赤い岩の映像に変わる。

〈光の地平の外のシグナル領域は、築かれたときからニー領に属している。無力をさらけだしたグレイ領主たちは、はじめは石化作用によって処罰された。だが、深淵に吸いこまれた最初の領主たちが肉体を持つ同胞の注意を引くのに成功すると、領主ガヴォーのように役にたたない者はすぐに深淵定数の上に送られるようになったのだ〉

情報にはグレイ作用の非人道的な動きが数多くふくまれていた。これがグレイ生物の哲学とどのように一致するのだろうか？

〈黒い巨人……ハルト人ドモ・ソクラトは、深淵哲学の申し子だ〉

ソクラトはグレイ領主たちのもとにいて、かれらと同志のようにそこで活動している。

突然、映像が切り替わり、ヴァジェンダ卓状地が見えた。だが、銀色の流れはそこにわずかに触れただけで先に進んでいった。深淵の地の未知領域が見え、短いテレパシーの説明がくわわる。

〈フルレミン領、飛翔生物の国だ。グレイ作用によって住民が減少し、イグヴィはあらゆる地に散らばってほとんどが滅んでしまった。最近の種族放浪のあと、数十名以外はすべて姿を消していた。

曲がり角にあるマルシェン＝プリント領だ。ウファン・ホルトやその分身と似たような姿をした種族が住んでいる。その隣りにはドームズ領がある。すっかり荒廃している。マルシェン＝プリントは領主ガヴォーの餌食《えじき》となった〉

〈なんなのだ？〉わたしは集中して考える。〈その〝曲がり角〟というのは〉

銀色の流れはそこで停滞し、すこしうしろにずれた。

〈湾曲部は深淵の地の辺境だ。その外から、すべてをのみこむ深淵の虚無がはじまる〉

その境界に刻み目が生じた。それは、わたしが映像を見ている瞬間に起きた。刻み目はのこり、ほかの場所にふたつめの刻み目ができる。

同時に、銀色の流れが中央で分裂した。片方はこちらに流れてきて、そこからもどり、もう片方は横に分かれていった。同時にメンタルの声が聞こえてきた。ミゼルヒンのようだ。

〈最初のしるしだ〉と、時空エンジニアの声。〈グナラダー・ブレク、いまはわれわれを信じられるか？　到着が迫っているというしるしだ。急がなくては〉

〈こちらはレトスだ〉わたしは思考した。〈ミゼルヒン、聞こえるか？〉

〈もちろんだ、深淵の騎士よ！〉

わたしはかれに自分の考えと、旧・深淵学校の塔について観察したことを伝える。

〈なにをすべきかはわかっている〉独居者が思考した。〈協力してくれ、レトス。おちついて行動してほしい。供給機の機能を変えるには、流れをより速くしなくては〉

〈なにをするつもりだ？〉

〈深淵の地を解体する工程を開始するのだ〉ミゼルヒンの言葉が聞こえた。〈まだわかっていなかったのか？〉

〈つまり、本当に敢行するのだな。まずはアトランとジェンを助けるのが先決では？〉

〈まさにそれこそ、われわれがすることだ！〉

分岐した流れがまた合流し、わたしは静けさにつつまれた。しかし、そのあと、銀色の情報流がわたしの精神のなかにあふれる。時空エンジニア、独居者、聖櫃、次元供給機のあいだでくりひろげられることを、わたしも共体験した。

〈重力安定が強化された〉流れから伝わってくる。わたしには見えないべつの情報流から、かぼそく小川が流れこんできて、大きな流れにくわわる。

〈深淵の地の供給は通常どおり。大気は一定。深淵定数に変動なし〉

はじめて次元供給機が正体をあらわした。これはつまり、深淵の地を存続させるために役だつ技術的・プシオン的設備なのだ。重力、大気、温度、深皿形をした深淵の縁の保護……これらはすべてここ、上で制御されている。サイバーランドのジャシェムはただ調整だけをおこなっている。

これはなにを意味するのか。深淵の騎士であるわたしは答えを見つけられるだろうか？　時空エンジニアが深淵の地を築いたとき、かれらはこの制御施設を深淵の地自体ではなく、その上の、深淵定数によって守られた領域に配置するようにした。それは賢明な処置だった。そうしていなかったら、グレイ領主はより早く、深淵の地全体の権力掌握《しょうあく》に成功していただろう。

〈曲がり角のエネルギーは安定。外部からさらなる侵入あり。原因はプシオン性のフィールド・エネルギー〉

「供給機を連結する！」

わたしは目をまるくした。この声はブールンハアルのもので、耳から聞こえた。わたしの目が映像の、荒れ狂う渦と色の奔流を切りはなし、からだのバランスを失わないようにしている。あわててまた目を閉じる。すると、ホルトの声も聞こえはじめた。

〈深淵にかけて〉箱がメンタルの声でいう。〈思った以上に近いぞ。だいじなものすべ

てにかけて、急ぐのだ。あまり早く到着してはまずい。だいなしになってしまう〉

「じゃまなものは次元空間からとりのぞいてくれ、グナラダー！」

それはミゼルヒンの声だった。四方八方から雷鳴のように響く。

「なにがだいなしになるのだ？」わたしはたずねた。右頰に冷たさを感じて手をあげると、箱にぶつかった。

〈つかまれ！〉ホルトの声だ。

わたしは聖櫃をつかみ、次元空間からテレポーテーションさせられ、恐ろしい転送痛を感じた。足もとにしっかりとした地面を感じ、倒れこむ。痛みは徐々にだが消えていった。

〈根性なしか、え？〉ホルトがののしる。〈あの状況でテレポーテーションすることは予想できただろう……〉

言葉はそのまま宙に浮いた。

「思った以上にトリイクル9が接近している、と、いいたかったのだな？」わたしはうめいた。

〈そうだ。おまけに、きわめて急だ。楽しい二週間をおたがいにうまくやっていこう、騎士レトス！〉

「どういう意味だ？」

〈つまり、そのあいだずっと忙しくなるということ。深淵の地は複雑なメカニズムにしたがっている。それをひとつずつコントロールして、無効化しなくてはならない。ということは、深淵の地のすべての機能がゆっくり落ちていくということだ。このプロセスが動きはじめたら、グレイ領主もとめられない！〉

「深淵種族を避難させなければ、ホルト！」

〈当然のこと。万事順調だ、テングリ。独居者を信じるのだ。ここはかれが指揮している。かれが深淵のあらゆる種族の安寧を考えることなく行動するとでも思うのか？〉

「いや、かれがすべてに配慮するのはわかっている。だが、待つだけというのは、いらだつものだな。もっと早く進まないのだろうか？」

〈深淵時間で二週間など、あらゆる不幸がつづいた時代にくらべれば、いったいなんだというのだ？　オルドバンがトリイクル9の監視という任務を引き受けてからの数百万深淵年にくらべれば〉

わたしは嘆息した。アトランとジェンは下にいる。ふたりと連絡をとり、状況の変化について確認したい。

〈あなたがすることはなにもない〉わたしの思考を読んだホルトがいった。〈時空エンジニアから依頼があるまで待つのだ。下の騎士と連絡がとれるのはあなたとわたしだけ。わたしにはテレポーテーション能力、あなたにはテレパシーと不可視になる力がある。

だからこそ、われわれはここにいるのだ！〉

「深淵定数を通過して深淵の地にテレポーテーションできるのか？」

〈時空エンジニアの近くにいれば、ほぼあらゆることが可能だ〉ホルトは説明した。

〈それも予想していなかったとは！　まったく失望したよ。深淵の騎士はもはや、かつてとは違うのだな〉

「いいたいことはわかった」わたしはうめいた。「ま、いまいる騎士はペリー・ローダンも合わせて三名と半分だがな。アトランは期間限定の騎士にすぎないから！」

〈どういうことだ？　かれがどうして自分の地位を捨てるだろうか？〉

「いずれわかる。それよりも、深淵の地が消滅した場合、グレイ領主たちがどうなるかということのほうが気になる。時空エンジニア五名はかれらに、のこりのヴァイタル・エネルギーに触れさせるだろうか？　われわれ、ムータンの例で、一グレイ領主が時空エンジニアにもどるのはヴァジェンダでヴァイタル・エネルギーに触れたときだけだと知った。ほかの場合は、グレイ領主がヴァイタル・エネルギーと接触して時空エンジニアにもどっても、死んで霧散するのだが」

〈だれが知るだろうか、テングリ・レトス＝テラクドシャン。ひょっとすると、前提条件が変わったかもしれない〉

3　グレイ議場

〝死なない死だが、それでも死せる状態で生にもどることになる〟……この言葉がふたりの心の奥深くに焼きついて、かれらのなかで炎を変わらずに燃えあがらせていた。ほとんど無意識のうちに、かれらは手を胸にやり、からだの内部に消えた細胞活性装置を探っていた。ティラン防護服のファスナーの膨《ふく》らみのすぐ前で手はとまり、ふたたびさがる。どんな考えが去来しているのかは表情に出さない。ふたりは、禁じられた行為の最中に捕まったかのように、たがいにほほえみあおうとした。しかし、その顔に表情はなく、仮面のようにこわばっている。

ふたりはグレイ生物だった。深淵の息吹に貫かれ、この息吹を知った生物がどう感じるのかを理解しはじめていた。

それが深淵哲学だ。宇宙の太古の時代、万物はグレイで、グレイ作用に侵食されていた。グレイであることは、自然でバランスのととのった宇宙の状態だった。ある日、宇宙外の一権力が技術によってつくられた宇宙創造プログラミング、モラルコードを強要するまでは。

モラルコードとはなにか？　それは厄介なトラブルメーカーだった。そう、それはグレイの平安を乱している。その状態にいよいよ終止符を打つときとなったのだ。グレイ作用は深淵全体にひろがり、深淵の地を掌握し、すでに一度グレイ領主が具象化した存在であるあのエネルギー泡をも支配するだろう。

モラルコードという名のトラブルメーカーよ！　プシオン・フィールドで構成され、疫病のようにいたるところにエネルギーをまき散らし、グレイ領主の影響力を中和してしまう。トリイクル9が突然変異して自分の位置をはなれてようやく、深淵の一部がプシオン・エネルギーから解放され、グレイ作用がまた有効となった。なぜならグレイ作用は力そのものではなく、力の欠如だからだ。

自然な創造物の状態に再生する道への歩みがはじまった。ゴールは目前に迫っている。だから、トリイクル9は二度ともとの場所にもどってはならないのだ。時空エンジニアがおろかだったせいで創造の山が本来の場所から逸脱し、深淵に向かっているのも好都合だった。山は消えなくてはならない。ニュートルムにはそれを通常宇宙に追い返すのに役だつ設備があるはずだ。

土台とともに遠くへ、できるだけ遠くへ。さらにいいのは、山が破壊されなければならないこと。それは自然に起きたのだと、領主判事は信じるだろう。いつか、ニュートルムが破壊されたときに。

グレイ領主は、唯一の真実の創造物の代弁者だ。グレイ作用がなければ、ポジティヴとネガティヴとの永遠の戦いがつづくだろう。グレイ作用はモラルコードやコスモクラートと戦うだけではなく、混沌の勢力とも戦っている。混沌の勢力はモラルコードを排除するのではなく、自分たちの考えに合わせて変えようとしているためだ。

グレイ作用は操作された被造物に対抗する。

グレイ作用は独自の方法で安定をひろげながら、グレイ領主の支配が永続するように基盤をかためている。なにも変わらないところには、革命は起きないからだ。革命はつねに複数種族の生活を壊し、乱してきた。革命はつねに、それによってあらたに得られる以上のものを破壊してきた。

グレイ作用は、あることを試みて失敗した時空エンジニアのような、被造物の狂気に対抗するのを前提としている。グレイ作用は、コスモクラートのような存在による身勝手な管理を妨げる。未来のための唯一の解決法だと自負している。

クラルトは領主判事のなかの哲学者であり、深淵に入ってグレイ生物になったはじめての時空エンジニアである。

グレイ生物はコスモクラートとカオタークのあいだの道だ。

第三の道ということ……すくなくとも深淵においての。かつて深淵の地を築いた者たちは、いまは無力となり、破壊をとめられない。まさにこの破壊をコスモクラートは計画している。

クラルトは新しい領主判事ふたりに期待していた。かつての深淵の騎士で、新時代の高地からきた存在。かれらはそこのようすや、コスモクラートがどんな計画を練っているかということを、いちばんよく知っている。

グレイ議場の面々はクラルトを賞讃した。かれは独断でアトランとジェン・サリクにグレイ議場での議席を提供したのだが、そのもくろみがうまくいったからだ。

しかし、ひとつのほころびから、グレイの胆汁のように苦いものを味わうことにもなった。騎士三名のうち、まさにもっとも重要なレトス＝テラクドシャンに逃げられてしまう。かれとホルトを捕らえたのは時空エンジニアだった。かれらは、自分たちがすべてを犠牲にしたように、ほかの騎士ふたりを犠牲にしたのだ。

そしていま、アトランとジェン・サリクは〝城郭〟の最上階にあるホールで、鋼の円卓の前にあらためて立っていた。明るいグレイに暗いグレイが重なった、壁のホログラムの装飾を観察している。ホールは天井までの高さが二十メートルあり、テーブルの周囲には鋼製の肘かけ椅子六脚が置かれ、そのあいだにはグレイの柔らかい腰かけが二脚あった。グレイ議場のあらたな参加者ふたりのための臨時席だ。

アトランの顔は無表情だった。蒼白で落ちくぼみ、ほとんどクラルトの顔に似ているが、より均整がとれている。

領主判事の秘密か、と、アトランは考えた。かれらには顔がある。ほかのグレイ領主に関しては、フードの開口部の奥に渦巻くグレイの霧が見えるだけだった。もうすぐその秘密が明らかになるだろう。

グレイ議場は〝山要塞〟のなかにある城郭でもっとも重要な施設で、ニー領の権力中枢であり、境界防塁の麓《ふもと》に位置していた。

そこは唯一、いまもまだ機能する。最後の時空エンジニアは光の地平をはなれ、それによって深淵の地の権利を放棄した。

アトランの視線がジェン・サリクにふたたび向いた。テラナーの目は輝きを失っていた。グレイでうつろで、クラルトが深淵の地のとくに重要な場所の状況をしめすスクリーンを作動させるのを無表情で眺めている。

ヴァジェンダ！　貯蔵庫には亀裂が入っている。ヴァイタル・エネルギーがないため、自ら崩壊してしまったのだ。サイリンの芸術的な創造物は価値を失っていた。ヴァジェンダ卓上地自体が色を失い、ヴァジェンダ王冠の奥は空洞だった。ほとんど気づかないほどの傾斜の窪地が記録カメラに向かって口を開けている。その壁面には無数の洞穴の開口部があり、かつてここから全土にひろがる洞穴にヴァイタル・エネルギーが供給されていたことをしめしていた。時空エンジニアが接続を絶ち、ヴァイタル・エネルギーが光の地平のみに送られるようになって、役割を終えたのだった。

「ニュートルムにいたる鍵がまもなく完成する」領主判事トレッスのうなるような声が響いた。領主判事のなかでは軍国主義者と見られていて、あらゆる軍事作戦にくわえ、グレイ兵士の養成や、数百万のソルジャーとラタンが製造される設備の管理も負っている。すこし前に領主ムータンは、人工生物と設備の大部分をニー領に移動させていた。それはちょうどかれがヴァイタル・エネルギーに捕らえられて命を落とす前のことだ。

ムータン。この名前は全グレイ領主の名と同様に偽名だったが、かれらは自分たちの昔の名前についての記憶を無意識に排除していた。もはや思いだせる者はいない。思いだすには衝撃的な体験が必要だろう。

「そろそろだ」フフリーがうるさくいった。領主判事のなかで、かれは狂信者だった。かれにとってはすべてが遅く、グレイの度合いも不充分なのだ。「そろそろ、上のみじめな連中を一掃するときだ。深淵定数はわれわれのゴンドラには障害にならないし、ニュートルムでほかよりも弱い場所がどこかに見つかるだろう。スタルセンのゲリオクラート最長老と助修士長が教えてくれた」

スタルセン！　と、アトランは思った。時空エンジニアの言語では〝希望〟を意味する。深淵穴の下の都市はグレイ生物の希望になってしまうのか？

「実際、その瞬間は迫っている」かれはいった。相《あ》いかわらず冷たく、感情のこもらない声だ。かつての温かさを思わせるところはまるでない。アトランは完全にべつの存在になっていた。

領主判事たちはおちつきを失った。これからの展開が頭のなかでめぐる。その瞬間は、すでにいまではないのか?

今回は、領主判事ライークの製造施設からのメッセージがとどくまで、八名は集団行動をしていた。科学者ライークはギフィ・マローダーの状態になるという体験をして以来、前より自制心を身につけている。いまは奇抜さもそれほど目立たない。奇抜なことをする時間もなくなっていた。

「その時がきた」ライークはいった。「スクリーンのスイッチを!」

ストークラークのローブが音をたてた。かれは身をかがめてセンサーを作動させる。壁一面が明るくなり、ゴンドラの一部が見えた。なかには武器が設置されている。それを使って領主判事たちはニュートルムを狙おうとしていた。

「スタート!」クラルトが大声でいうと、しばらくしてゴンドラが飛び立ち、深淵の地の雲のたちこめたグレイの空へ浮遊していった。そこで急加速する。

グレイ議場は、ゴンドラを操縦し攻撃を指揮する領主ペッカーと連絡をとった。ペッカーは深淵定数をよく知る者のひとりとして考えられていて、自信に満ちている。

「ニュートルムはすでに破壊されたようなもの」ペッカーは断言した。「グレイの玄武岩が入ったコンテナは機内にある。コンテナがニュートルムの壁に穴をあけたらすぐに、グレイ爆弾がつづく！」

かれは話しつづけていたが、通信はとだえた。ゴンドラは深淵定数の奥に消え、領主判事たちは顔を見あわせた。しかし、その表情には心配も希望も浮かんでいない。大きな目は空虚で、顔は宇宙空間の冷気のなかの氷のようにこわばっている。かれらの顔の皮膚は、かたちづくられた石膏の上に張られた艶のない銀色のフォリオに似ていた。陶芸家の手にある石膏か、と、アトランは考えた。粘土ではなく石膏だ。テングリはなんといっていただろうか？

光の守護者についての思いは、かれの心のなかでふたたび消えていった。かれは背後の小型スクリーンを一瞥《いちべつ》する。そこに閃光がはしった。アトランは腰かけから跳ぶようにはなれると、領主判事のわきを通り、スクリーンへと急いだ。

「はじまったぞ！」鋭くいう。そのだみ声は、変異した時空エンジニアとほとんど区別がつかない。「おろか者に先をこされた。最後の五名は思っていた以上にすばやい！」

フフリーが憤慨し、叫び声をあげた。皮肉屋ジョルケンロットは、この閃光の意味について辛辣《しんらつ》な発言をする。役人と呼ばれるストークラークは、きわだつ展開を杓子定規《しゃくしじょうぎ》に分類できるようになるまではグレイ議場を出ないと主張したため、トレッスは思わずこういった。

「コスモクラートよりもひどい権力はただひとつ、役人だ！」

「あれはシャツェンだ。ヴァイタル作用を引きよせたらしい。保管係の地だ！」サリクが指摘する。

シャツェンは三面をムータン領にかこまれている。あとの一面は、深淵定数に達するほどの高い山脈だ。そこの上に最初の変化があらわれた。閃光から銀色の帯が生じ、グレイの空から花飾りのようにさがってきて山にひろがる。それは急速に伸びて、さらにシャツェンに多いアザミのような花をつける木に向かった。平地には博物館の複合施設があり、森のあいだには単独で暮らす保管係のちいさい小屋があった。それはグレイ作用を受けても変わっていない。

銀色の帯が博物館や住居の一部にかかり、やがてシャツェン全体の十分の一ほどの面積をおおってしまった。

「自滅光線だ」ライークがだみ声でいった。「ねばつく糸のようなものだ。ヴァイタル・エネルギーの色じゃないのはよかった」

「いったいどうして？」領主判事サリクがたずねる。「どんな違いがある？」

「ニュートルムはヴァイタル・エネルギーでもグレイ作用でもない。深淵にかけて、どんなかたちのものだろうと、あの上ではまったく存在できないだろう。いずれは、運ばれたヴァイタル・エネルギーがニュートルムを侵害する。ひょっとすると自滅さえするかもしれない！」

かれらは緊張して待った。グレイ領主たちの騒々しい息づかいだけが響く。かれらは適当に席についていたが、アトランとサリクはならんですわっていた。ふたりは無表情で視線をかわし、たがいに相手の考えを読みとろうとしていた。

ふたたび、銀色の帯が蜘蛛の巣のように垂れさがるスクリーンに目をやる。帯は刻一刻と色あせていき、おおっていたシャツェンの十分の一とともに消えた。突然、そこに謎めいた穴がうがたれ、周囲にかすかにゆらめく防御バリアが生じる。深淵の地に穴があいた。さらに入ってきた報告から、これが唯一のものではないことがわかった。

「かれら、崩壊プログラムを起動した」クラルトの声が響いた。グレイ議場の出入口に近づくかれの動きは重く、威嚇《いかく》するようだった。「いまはペッカーだけがたよりだ！」

まるで運命が背を向けたかのように、グレイ議場の上空の一部が暗くなって、巨大な鳥の群れがあらわれた。落下の途中で金属の正体をあらわし、しだいに細かくなって速度をあげる。叫び声が響いた。フフリーだった。

空から光の地平に落ちてきたのは明らかに、ニュートルム攻撃を指揮したゴンドラの残骸だった。

クラルトはうしろを向き、アトランとサリクに突進した。

「きみたちの助言が必要だ。なんとかしてくれ！」と、要求する。「こうなったら、力になるのはジャシェム自身くらいだ」

ジャシェム帝国もグレイになっていたが、ニュートルムによって築かれた〝壁〟がまだ立っている。深淵の独居者と最後の時空エンジニアはあらゆる手をつくして、サイバーランドにだれも出入りできなくしたのだ。グレイ領主たちは、グレイになったジャシェムの装備や能力に手をつけられる状態にない。

アトランはうなずいた。

「深淵の地は崩壊していく。グレイ生物の存在を確実にするためにのこされた方法はひとつしかない」と、かれはいった。「それはニュートルムとはまったく関係がない。だからニュートルムはほうっておこう」

かれは立ちあがり、出入口に向かった。領主判事たちは唖然《あぜん》としてとりのこされ、サリクだけがあとを追う。ドアの外に出ると、ふたりの顔が変わった。サリクは軽くほほえんだあと、心配そうな表情を見せた。

「どんな方法です？　テングリやホルトとまた接触したのですか？　なぜわたしはそれに気づかなかったのでしょうか？」

アルコン人はかぶりを振ってささやいた。

「大げさにいったまでのこと。いまのところ解決法などわからない。時空エンジニアはまだ計画を完全には明かしていないから」

「どうすればいいでしょう?」

「待つのだ!」

＊

「洋梨形のものはなにもかも嫌いなの」女サイリンが鼻声で告げた。「それだけじゃないわ。わたしを鏡の近くに連れていく者は、だれであっても殺すから!」

「だが、鏡はとても貴重なものなんだ」エッテンAは応じた。「グレイ生物をグレイ生物としてうつしだす鏡は、新しい哲学の正真正銘の象徴になっている。どうしてそう考えないんだ、グレイのクリオ?」

「洋梨形のものが嫌いだからよ。この荒涼とした場所にいることを、われらが領主に感謝するわ。ここには輝く石ひとつない。おまけに空もどんより曇っている。かつては蜃《しん》気楼《きろう》もなかったのかしら? ここから出ましょう、エッテンA」

マクログ人は深くため息をつき、女玩具職人を追ってよたよた歩いた。彼女の過去についてすべて知っているといわないように、かれは注意をはらっていた。サイリン種族やその驚くべき能力についての知識もそこにはふくまれる。エッテンAはいつも長い願いごとのリストを携え、長年にわたって女玩具職人を探しつづけてきた。いま、ようやくひとり見つけたが、彼女は価値のないグレイ玩具をつくるばかりだ。マクログ人自身がグレイ生物になっているため、気にはしなかった。それがふつうだと思ったから。だが、過去の話から聞いて知った作品と比較したところ、その違いはあまりにも大きく、見すごせなかった。

深紅の湖のクリオは自身を憎みはじめていた。もはや自分が好きではなくなり、満足することもできなくなっていた。ときどき徹底的な自己否定におちいり、マクログ人が正式な名で呼びかけたときには、深く意気消沈したことも一度ならずある。その後、かれは彼女をただクリオと呼ぶ習慣を身につけた。

「エッテンA」女玩具職人がいった。「よく聞いて。あそこの丘にあなたのための洞穴を探しにいく。それはグレイの洞穴でなくてはならない。だれもあなたを訪れたりしないわ、深淵哲学者以外は！」

どうしてもドモ・ソクラトについて考えてしまう理由が、彼女にはわからなかった。かれらはグレイ領主の追跡者の手に落ちたあと、ニー領のどこかでたがいを見失った。かれら自身もグレイ生物になり、これ以外の生き方があるなど、クリオには想像もできなくなった。しかし、その後、彼女は身をすくませ、友のことを思いだしたのだ。

わたしたちは本当にいま敵同士なの？　それとも、すべては誤りにもとづいているの？

「クリオ！」しばらくしてマクログ人は大声でいった。「わたしは皿が痛む。休まなくては！」

かれはうめき声をあげつづけ、ついに女玩具職人は立ちどまった。かれを待ち、そのからだをつかむと、背中に乗せて丘に運んだ。洞穴が見つかると、エッテンAを地面に乱暴に振り落とした。

「領主ダンカンに知られるわよ」と、陰気にいう。「かれは最後まで耐えられない者を嫌うから！」

「だが、わたしの皿が！」と、マクログ人がうめく。「すでにひびわれている。ほら！」

かれは歩行器官をクリオに突きだしたが、彼女はそれを無視した。洞穴のすぐ近くで、未知の力が丘の頂上を切りはらうのに魅せられていたのだ。そこでは銀色の帯のようなものが光っていて、それとともに生じた空気の流れがますます強まっている。感じやすいマクログ人はすすり泣きはじめた。不気味な出来ごとに苦痛を感じたのだ。

「ここを去ろう！」かれはうめき、グレイの草地でできるだけからだを低くした。「たのむから！」

クリオは腰をおろした。大きな口は二本の細い線になっている。彼女はグレイになっていて、そのため、自身のなかにある魅力を感じることができなかった。目の前の光景が危険なものかもしれないということさえ把握していない。サイリンの内面は、グレイになったことで完全に崩壊していた。

丘がどんどん消えていく。吸引力が強くなり、彼女と同行者もはげしく引っ張られた。

「お願いだ！」エッテンAはうめいた。「皿がひびわれた。わたしを運んでくれ！」

クリオにはかれの存在がまったく見えていなかった。強くなっていく風のなかを歩き、引っ張られていく。丘をはなれ、隣りの丘までのあいだにひろがる窪地に出た。ここでは風の影響はなく、女玩具職人は立ちどまり、この現象の意味を考えた。

時空エンジニアが騒動を起こしたのか？

彼女は窪地に沿って進み、吸引力がおよぶ領域から抜けだした。ちいさい岩に腰をおろし、丘の尾根が次々にとりはらわれて消えていくのを見守る。大きな悲鳴が聞こえたが、注意をはらわなかった。マクログ人のことはどうでもよかった。かれは同行者としての価値を失っていた。ほかに発見したものがある。彼女は、グレイでなじみのある微光をはなつ銀色の帯をじっと見つめた。

かすかに光り、にごりがない。

クリオは不安になった。夢からさめたような気分で、はじめて周囲の轟音を感じた。岩が砕け、地面から落下していく音が聞こえる。草が宙に舞いあがり、土が削られて暗い穴のなかに消えていくのが見えた。

突然、虚無が見えた。グレイになっているにもかかわらず、深淵の息吹が暗闇からあられ自分をなでるのを感じた。彼女は悲鳴をあげた。マクログ人が空中の渦のなかで回転し、からだを曲げているのが見えたからだ。エッテンAは無言のまま闇のなかに消えていき、闇はまた銀色の帯にもどった。この帯のあいだに、信じがたいものがあることにクリオは気づいた。巨大銀河の星々を背景に浮かんでいるそれは、なにかを思いださせる。つかの間、自分が知っているゴンドラを思い浮かべた。アトランが話してくれたのだ！　それをいま、彼女はまた思いだしていた。

彼女が見たのは宇宙船だった。吸引力がふたたび強くなり、彼女は逃げだしたが、この船のかたちをしっかりおぼえようとした。

ふたつの球体がひとつのシリンダーでつながっている。これだったのか。名も知らない船だが、任務を負っている。船はやってきて、深淵の地に近づいているようだった。

「そこの外には……」と、サイリンは声に出して考えた。「異宇宙がある。深淵への通路。あの船はこっちにくるの？　わたしのところに？」

彼女はようやく自分がさらされている危険に気づいた。すぐそばで虚無が地面に刻みこまれ、丘も下のものもすべて消えていく。

クリオはマクログ人と歩いていた平地にもどろうとした。遠くにラタンの影が見える。腕を振ると、グレイの群れが近づいてきて、ソルジャーが彼女を見つけた。ラタンの一頭が着地し、そのソルジャーがおりてきた。

「深紅の湖のクリオですね」技術的につくられた生物がいった。「われわれ、あなたをニー領に連れもどす任務を負っています！」

「なぜ？　わたしがなにかした？　わたしはグレイ生物よ！」彼女はあとじさったが、ソルジャーは気にしなかった。鉄の拘束具のように彼女をつかみ、ラタンの上に引きずりあげる。ラタンはすぐに飛び立った。一方、ほかの飛翔生物は奇妙な現象の付近にとどまっている。クリオが振り向くと、丘の頂きがまったくのこっていないのがわかった。その場所には深い穴が口を開けていた。

「なにが望みなの？　わたしはただの洋梨で、自分が嫌いなのよ！」彼女は下に身を投じようとした。

「領主判事アトランが呼んでいます」技術でつくられた生物は単調でぞっとするような声で説明した。「領主判事サリクもです。山要塞の城郭で待っています！」

「《ソル》よ」女玩具職人は大声でいった。「いま、さっき自分が見た船の名前がわかったわ！　アトランはかつてあの船を《ソル》と呼んでいた！」

いまや彼女は目的地に到着するのが待ちきれなかった。アトランとジェン・サリクは領主判事になったのだ。クリオはそれを自分たちの信念の勝利だと考えた。

＊

〈時空エンジニアがあんたのようなグレイ領主を信頼しきっているなどと、本気で思っていないだろうな〉と、メンタルの声がアトランのなかで響いた。アルコン人は集中した。うまく保護された一部の精神領域をのぞいて、自身を満たし占拠しているグレイ生物の思考を、いくらかわきに押しやる。

〈まったく、テングリ〉と、かれは思考した。〈この聖櫃、あらゆるメンタル・コンタクトに干渉してくるのか？〉

〈それ以外ありえないと、とうに気づいているはず！〉付帯脳がずいぶん久しぶりにコメントしてきた。〈単独ではかれらは弱い。ともにいてこそ、おまえのところまで到達できるのだ。だから時空エンジニアはホルトとレトスを連れていき、おまえとサリクをグレイ議場に送った！〉

以前にコンタクトしたさい、レトスはすでにそのことをほのめかしていた。かれらはテレパシー能力でニュートルムの奇妙な状況を克服し、さらに、分離・途絶する役目の深淵定数も突破しなければならない。また、明確に目標を定めてテレパシー・インパルスを送る必要もあった。深淵種族のなかのテレパスに偶然聞かれないようにするためだ。そんなことで発見されてしまえば、すべての計画が水泡に帰するだろう。

〈ジェンはいまなにをすべきか知っている〉ホルトは愚痴をいった。〈あんたの場合はまだ違うようだがな、アルコン人！〉

〈舌を引っこめて口をつつしめ〉アトランは思考した。〈舌がなんなのか、わかっていればだが〉

〈ホルトがおろかだなどと考えるなよ……〉

ハトル人の思考によって、このやりとりは中断された。

〈計画がようやく明らかになった〉と、かれは伝えてきた。次元供給機の情報流は、ふつうの意識では処理できないほどの速度に達している。時空エンジニア五名とグナラダー・ブレクはまだかれらとともにいて、深淵の地の崩壊がはじまった領域を眼前の監視設備で確認できているということだ。

本当にこうするしかないと、アトランはわかっていた。グレイ生物の精神で計画を解釈しなおすのはかんたんだが、かれの目的は結局、深淵種族を破滅から救うことなのだ。

〈障害はない、アトラン。ニュートルムは難攻不落だ。ようやくグレイ領主たちはそれを悟ることになる。深淵の地での出来ごとについては、これまでのところ、消滅した地域にいたごく一部の者が巻きこまれただけ。かれらがどうなったのかは確認できない〉

〈あとどのくらいつづくのだ？〉アルコン人はたずねた。〈われわれが領主判事になって八週間だ。本質的なことはなにも起きないまま、日が過ぎていく〉

〈流れはこれ以上加速させられない。すべての処置がひとつの目的に向けられていることを忘れてはいけない。深淵の地の住民数十億に、トリイクル9の帰還を生きのびてほしいのだ。フロストルービンが深淵種族にとっての罠にならないように。同時に、時空エンジニアの計画はグレイ作用からの最終的な解放をもたらすはず。時空エンジニアがどのようにそれを達成するかは質問しないでくれ。ニュートルムは幻覚を起こす暴風のようなもの。目に見えない生物のささやきに似た声が周囲にあふれ、われわれの集中力まで侵害されるのだ。ときどき、次元供給機の映像がわれわれのところにまでひろがる。ホルトとわたしは通常の技術設備のあいだにいて、エネルギー壁に守られているが、この現象で理性を奪われそうになる。早く終わってくれればいいのだが、ミゼルヒンがいうには、トリイクル9がもとの場所に到着するまでは終わらないらしい。

さらにほかの現象もある〉と、レトスはつづけた。〈深淵と通常宇宙のあいだの層がどんどん透過性を増している。まもなく、あらゆる現象が深淵の地を席巻することも想定しなくてはならない〉

アトランはメンタル・コンタクトをブロックした。建物の反対側の、視界に入るところにサリクがいる。かれはなにかを発見していた。騎士ふたりと同時にコンタクトをとっていたレトスがすぐにそれを知り、情報をアトランに伝えてきたのだ。

〈ライークだ。かれがやってくる!〉

コンタクトがとだえ、領主判事ふたりは動きだした。アトランは感情が高ぶっていた。テレパシー・コンタクトのあいだはいつも自身のなかのグレイ作用をおさえこみ、その後、その流れを慎重にもどしている。しかし、いまはそんな余裕がなく、移行段階もないまま、かれの顔は硬直した仮面のようになった。左足を前に出し、城郭に向かって大きく歩きはじめる。周囲には先端の尖った危険そうな山要塞の建物がそびえている。境界防塁自体は見えない。

いま、サリクがかれを発見したようで、立ちどまった。アトランとライークがほぼ同時にサリクのもとに到着する。

「クラルトにいわれてやってきた！」フードの下からこもった声が響く。「ぐずぐずしていられない。なぜ引きのばすのだ、領主判事アトラン？　グレイの国の存続がかかっている！」

「わたしはすでにはじめている。いろいろヒントはあるが、まだ完全にまとまっていなかったのだ。いま、準備がととのった！」

三名はともに城郭に向かい、グレイ議場への最短ルートをとった。全員がそろっていたが、ジョルケンロットだけが欠けていた。遅れてやってきたかれを、七名が迎える。クラルトは皮肉屋を非難したが、アトランはそれをさえぎった。

「むだなおしゃべりをしているひまはない」かれは大声でいった。「グレイ作用に危険が迫っている。わたしは危険を排除する鍵を握っている。聞いてくれ！」

アトランは、かつての時空エンジニアたちをあざむくことはできないと知っていた。

かれの計画が説得力を持つのは、それが実現可能で、グレイ生物の要求にかなう場合のみだ。その点、アルコン人は自信があった。

グレイ生物は自身の論拠にしか納得しない。グレイ領主たちは、いまは上のニュートルムにいる敵がより大きな力を握っていることを知っている。敵は深淵の地を自滅させはじめていた。数千もの場所で土地が消滅している。長さが一光年にもおよぶ構造物のなかで、亀裂がどんどんひろがっているのだ。これまで被害をまぬがれた土地や種族はいない。ただし、一カ所だけまだ消滅現象が起きていないところがあった。

スタルセン！　グレイ生物の希望だ！

「スタルセンはわれわれにとって重要な位置にある」アトランは領主判事たちに解説した。「われわれがおさめる成功はそこにある。だがその前に、時空エンジニアの計画を水泡に帰せしめるのが肝要だ。深淵の地が破壊されれば、すべてが破壊される。宇宙にとっての最後の希望が消えてしまう！」

拍手が起きた。通常は感情を見せない領主判事たちが、大声で賛成の意を表する。フリーが耳ざわりな声でいった。

「で、どうする？　グレイ生物や深淵哲学のむだ口は、わたしにはどうでもいい。ただ重要なのは、われわれがいかに権力を握るかだ！」

「領主判事アトランに最後まで話をさせろ」クラルトが警告する。「かれとサリクは高地の現状を熟知している」

「転送機ドームがわたしの計画で重要な役割をはたす」アトランはつづけた。「深淵の地の物質がどこへ消えるのかはわからない。だが、消滅プロセスをとめて、すべての地域が襲われることのないようにはできる。提案したいのだが、近距離転送機を用いて深淵種族を転送機ドームに移動させるのだ。各ドームは深淵の地ののこった部分から切りはなされ、端から端まで三十万キロメートルの救命いかだになるはず。こうして消滅プロセスのひろがりを阻止するのだ。もちろんこの対策のために転送機ドームの技術的変更は必要だ。その話にもどりたい」

「グレイ領主の数に合わせると、救命いかだの数は十五万になるだろう」サリク領主判事がつけくわえる。「各領主がそれぞれの帝国を持つのだ！」

領主判事六名は跳びあがった。

「みごとな解決策だ！」フフリーが甲高《かんだか》くいう。「まさにわたしが考えていたとおり、そのものだ！」

アトランはしずまれというように両手をあげて説明した。

「最大の問題は、この作戦をいかに組織するかだ。実行するには全権が必要。すべてのグレイ生物に規律遵守《じゅんしゅ》と絶対的服従がもとめられる。むだなことをする余裕はない」

「きみとサリクは、われわれと同様に領主判事だ。議席と投票権がある。きみたちがいうなら、そうしなければ。反対の者は？」

クラルトはほかの五名の反応を待たずに出入口のほうを向き、新しい領主判事二名を連れていく。三名は城郭の下階におりた。制御装置と技術的な品々が保管されている。これを使って領主判事たちは深淵の地を支配してきたのだ。いまそれが、グレイ生物の破滅を阻止するのに役だつ。

クラルトとかれにしたがうグレイ領主たちは準備を進め、アトランとサリクは全権をゆだねられた。ふたりは近くの建物に向かった。そこにかなりの時間、オービターのつむじ風ボンシンとクリオが滞在している。ドモ・ソクラトだけはこれまでシュプールが見つかっていない。深淵哲学者は未知の場所にいるのだ。

「ついてこい」アトランがいつものようにオービターに大声でいった。「ジャシェム二名が山要塞のはしで待っている」

かれらは一グライダーに乗り、グレイになったジャシェムのすぐわきに着陸した。フォルデルグリン・カルトとカグラマス・ヴロトは、かれらのグレイの精神に浮かんでくる言葉を使って挨拶した。

「高度な任務にはさっさととりくまなくてはならない！」ヴロトは粗野にうなった。

「わたしは、いつかあなたがグレイ領主と同じレベルになると知っていた。あらゆるものを裏切った憎むべき時空エンジニアとの戦いにおいて！」

アトランの顔は硬直したままだった。かれは無言でグライダーにもどる。ジャシェム、オービター、サリクは黙ったまま、あとを追った。

4　救命いかだ

公園のこの区域の植物の棘《とげ》はとくにかたくて危険だった。ティジドのマスターであるトルヴァンは毎回、灰褐色の草むらから伸びる藪を避けて通る。棘は絶えず揺れて、ステーションで飼われている実験用動物ガーヴェンの多くにけがをさせたり、命を奪ったりした。それ以来、公園のこの区域は特殊なエネルギー・フェンスで保護された。研究所員だけが門から入り、職場への道をまっすぐ進むことが許されている。

マスター・トルヴァンは自身の五本めの脚につまずき、ひどい悪態をついた。すべてのヴァイタル・エネルギー貯蔵庫と時空エンジニアが高地の空に追いやられ、そこで腐るようにと願う。

「いまいましい時空エンジニアめ！」かれのからだに巻きつく五つの頭がまねをしてくりかえす。トルヴァンは黙り、第四建物の門にひたすら向かった。ポジトロニクスに開錠コードを入力すると、ドアが音をたててスライドした。

ここにもすでに老朽化の兆候があらわれている。またもや筋力の低下を証明した五本めの脚をティジドは意地悪く見やった。この肢は即刻、切りはなしてしまうつもりでいる。そのために第四建物の中央ラボに向かっているのだ。

ティジドの元来の姿は瘦《や》せこけていて、身長は三メートルある。肌の色は白墨に似ていて、埃《ほこり》をかぶったか粉をまぶしたかのようだ。手足は八本。胴体の上端に二本、下端に二本で、ほかの二対はからだの中央にあり、その上下のゾーンに感覚器をそなえていた。原初のティジドの〝頭〟と〝顔〟は、からだの中央に平たくレリーフのように浮きだしている。爬虫類のようにすわったこぶし大の目が中心にあり、まわりが短いまつげにかこまれていた。まつげは敏感に動きつづけ、聴覚と嗅覚の神経をになっている。この輪の下に膨らみのある幅のひろい溝があり、それが話すための器官だった。

かつてティジドは時空エンジニアの遺伝子工学者だったが、トルヴァンは当時のことをおぼえていない。それは大昔の話で、ティジドは比較的早くグレイ作用の犠牲になったから。ムータン領がグレイの国になって以来、ティジドは領主の戦闘手段として使える細菌兵器の培養にとりくんでいた。

主としてティジドは自分たちを実験用生物にした。ムータン領には、からだのどの部分においても、原初の姿を思いださせるようなティジドはほとんどいなかった。

トルヴァンには五つの追加された頭があった。それぞれ構造が異なっていて、爬虫類、昆虫、さらに変形した海綿動物のような頭もある。そこにはカムフラージュされたひとつの目と、つねに濁った分泌物を放出しつづけるキノコのような突起が二本伸びていた。これらはティジドのじゃまにならなかったが、ただ胴体の下側にある技術的につくられた三本脚のうち一本は、必要とするようなものではなかった。

背後でドアが閉まり、ティジドは通廊をずるずる進んでいった。ゴングが鳴り、かれの到着を同僚に知らせる。半アバカーのチャプルがかれに向かって跳びはねてきた。チャプルも技術的に培養されている。上半身はアバカーのそれだったが、下半身は人工生物で、触腕の基本構造とスナトビの骨格の混成品だ。頭部はまるい骨でできていて、その前面にティジドのからだの中央部と同じレリーフのような顔が見えた。

「マスター、マスター!」チャプルは甲高くいった。「やっとおこしですか。どうしてこんなに時間がかかったので? とっくに準備はととのっています!」

「だから、こうしてきているだろう」トルヴァンは疲れたようにいった。そのままからだを引きずるように進んでいく。半アバカーは自分のわきをトルヴァンが通るのを見守ると、二回ジャンプして追いついた。

ティジドは実際は疲れていなかった。長く休んだばかりで、精神的にも肉体的にも最高の状態だった。

それなのに気分が沈んで憂鬱《ゆううつ》だった。ときにはいらだってしまい、ぞっとするような思考をくりかえしているのに自身で気づく。すべてに意味が感じられなくなったのだ。

転送機ドームから最新の通知を受けとったと思ったときも、いずれにしてもティジドたちはもはや用ずみだった。グレイ領主たちが期待をよせているのは、ただ深淵技術だけだから。

だが、グレイ生物は勝利するだろうと、トルヴァンは力強く考えた。また遺伝子操作でやりなおすことになったら、最終的には領主もティジドが深淵の地でもっとも重要な種族であると気づくだろう。

かれはうめいた。またもや五本めの脚につまずきそうになったのだ。顔の下にある両手で脚をつかみ、上に曲げた。こうしてじゃまではなくなったが、脚をかかえたままステーションを歩かなくてはならないのが屈辱的に感じる。

「待っていてください！」遠くからチャプルの声が聞こえてきた。半アバカーは急いで姿を消すと、しばらくして走行シートを持ってもどってきた。マスター・トルヴァンは安堵の息をつきながら、腰をおろした。シートのおかげで、最短ルートで中央ラボに着くことができた。

ティジドの同僚たちがすでにそこにいたが、かれらは到着に気づいたそぶりも見せず、スクリーンに集中している。そこには一台のマシンがうつしだされ、通知が表示されて映像が流れていた。トルヴァンは変化したアルマダ共通語の一部しか理解できなかった。それはかれの心がほかのほうに向いていたからだった。

かれは、ムータン領で大きな悲劇が起きたときのことを考えていた。当時、ティジドなどムータンで代表的な種族たちは、サイバーランドを征服しようとした領主ムータンが落命したという知らせを受けたのだ。

ティジドは、ジャシェムがかつて時空エンジニアの最重要補助種族として活躍していたことを知っていた。また、かれらが光の地平をはなれ、サイバーランドに閉じこもった経緯も知っていた。そのあいだに、サイバーランドもグレイになったが、領主ムータンはもはや生き返らない。

「……全体が消えました」声が聞こえる。「近距離転送機が結合回路で作動されました。まだ動けるうちに利用するよう、全員が招集されています。転送機ドームに向かってください。ロボットやソルジャーが待機していて、ドーム周辺へ誘導します。深淵の地のすべての住民にお願いです。最短ルートで……」

「くだらない話は終わりだ。早くはじめるんだ！」トルヴァンは叫んだ。ティジドたちのほか、ムータンに避難していたほかの種族の数名が勢いよく振り向き、遺伝子工学者をじっと見つめた。

「いまいわれたことが、わからなかったのですか？」かれの部下のうち、もっとも有能な細菌学者の一名であるプレミンがたずねた。

「それがどうした」いらだって応じる。「あれこれいわれているが、なにも変わらない。

グレイ作用は、深淵全体を支配した。それが事実だ！」

ティジドたちは黙って背中を向け、あちこちの出入口へと向かった。ふたたびロボットがスクリーン上で領主ダンカンからの指示を告げる。ようやくトルヴァンもその意味を理解した。からだがこわばり、揺れながらシートから身を乗りだす。「チャプル、かれらをとめろ」

「きみたちにはそんなことはできない！」と、うしろから叫ぶ。

半アバカーは走りだしたが、なにもできなかった。ティジドたちはまったく気にしていない。

プレミンは中央ラボを去る最後の一名だった。出入口であらためて振り返る。

「行け、行け！」マスター・トルヴァンは大声でいった。「この仕打ちは忘れないぞ。わたしが自分で脚を切りはなせないとでも思っているのか？　興味があるだろう。この脚には脳があり、切断された瞬間に独立した存在になるんだぞ！」

「ここでのわれわれの時代は終わりです」プレミンはなおもいった。「ドームで会いましょう！」

こうして細菌学者は姿を消し、チャプルは嘆息してマスターのもとにもどってきた。

「いわれていることは本当です」半アバカーは裏づけるようにいった。「この前のメッセージを聞かなかったのですか？　領主判事クラルトが深淵種族全員に向かって語りかけたのですよ！」

トルヴァンはひと言も聞いていなかった。眠っていたからだ。かれは五本めの脚を切り落とす。脚が床にぶつかり、音が響いた。手で持っているうちに長くなり、ほかの四本の脚のあいだでザイルのように伸びていた。

トルヴァンはスクリーンに目を向けた。ロボットの姿が薄くなり、転送機ドームの映像があらわれる。ムータン領の住民が大勢、近くに集まっていることに気づいた。かれは黙ったまま、さらに多くのティジドがドームに押しよせていくのを見た。アバカーの集団もいる。ソルジャーによって洞窟から追いだされたのは明らかだ。

ティジドは、半アバカーのせっぱつまった言葉は気にもとめない。だが、未知の声でようやく現実に引きもどされた。

「もう、ここをはなれるときだ。領主判事アトランとサリクの計画は、先のばしを許さない！」

トルヴァンはシートをまわし、話しかけてきた者をじっと見つめた。それは、小柄な生物だった。切断した五本めの脚と背がそれほど変わらない。

「わたしはピルクス」生物は話をつづけ、ティジドの質問に先手を打った。話すごとに黒褐色の肌がグレイがかった光をはなつ。「領主判事の使者だ。外の土地を見るのだ、マスター・トルヴァン！」

ティジドは苦労しながらシートの動くスピードをあげた。ボタン操作を誤り、反重力が作動した。中央ラボの天井まで上昇し、そのまま動けなくなる。

「いいかげんにしてくれ！」侏儒《しゅじゅ》は叫んだ。「もっとも近い転送機はどこだ？」

トルヴァンは宙づりのまま外の公園や第二オイゲン周辺の土地を眺め、愕然としてシートから落ちそうになった。

「あれはなんだ？」うなり声をあげる。「深淵にかけて、この景色はほんものなのか？」

「長いこと眠っていたせいですよ、マスター」チャプルがいった。「まったく気づかなかったのですか？　時空エンジニアは深淵の地の自爆システムを発動させました。救うべきものを救えるのは、ただ転送機ドームだけ！」

ようやくトルヴァンは正しいスイッチを見つけるとシートを下降させ、出入口へ向かった。

「ついてこい！」かれはいった。第三建物につづく透明な連結チューブに入る。ここでティジドはカタストロフィの進行ぐあいを確認できた。周囲では土地が消えて、建物のあいだの地面だけがのこっていた。公園のまんなかに高エネルギー・ビームが命中したような溝がはしっている。向こうでは暗い穴が口を開けていて、見通せないほどの闇で満ちていた。

マスター・トルヴァンは寒けをおぼえはじめた。ステーションの建物のあいだや、あらゆるものに忍びこんだ深淵の冷気を感じる。シートを加速させ、最短ルートで転送機に向かった。ピルクスとチャプルが追いついたときには、すでに転送機の調整をしていた。

「行け！」ピルクスが叫ぶ。制御装置に光が点滅すると、かれは燃えあがるフィールドに身を投げ、半アバカーがあとを追った。ただトルヴァンだけがためらっていた。ステーションの四つの建物の上に防御バリアがひろがるのが見える。自動で作動したにちがいない。

なにもかもが消滅し、ステーションだけがのこっている。制御装置の点滅がおさまり、光がまたおだやかになった。

なぜ第二オイゲンは消滅しないのか？　ティジドは自問し、答えが思い浮かんだ。第一、二、三オイゲンのステーションは主要施設だ。過去には時空エンジニアの計画と関係があったはず。

トルヴァンはシートを転送機のなかに向けた。歴史の流れをとめることができないことをようやく理解していた。

＊

空にかかる銀色の帯を見て、グルシュウ＝ナスヴェドビンは、目に見えない存在がシャツェンを贈り物としてつつみ、だれかにわたそうとしているように感じた。実際、土地は絶え間なく消えつづけている。その面積は全体の十分の二程度だろうか。害を受けていないものはなく、博物館さえも同じだ。山脈がすべてのはじまりだった。

保管係はだれもいない林に立っていた。グレイ作用の影響で変化したアザミの木をじっと見つめる。それはいい方向への変化だったと、すくなくともかれは感じていた。ムータンの転送機ドームでの深淵の騎士との一件のあと、かれはシャツェンにもどってきた。自分のちいさい小屋にもぐりこみ、冷気が精神に忍び入ってから、ようやく外に出てみる。かれはグレイ生物に変わっていた。背中にいるツィルミイのナスヴェドビンの叫び声のせいで正気を失いそうになる。アレスタワン人は狂乱状態に追いこまれ、小屋の乏しい調度品をほとんど壊してしまい、あわれな残骸の前でぼんやり立っていた。

気にすることなく外に出て、変化した植物を見つめた。そのあらたな姿に心がやすらぎ、満足感をおぼえる。その後、それまでやったこともない行動に出た。かたい草に腰をおろし、同胞や博物館に収蔵されている芸術品のことを考えたのだ。長いあいだシャツェンにいた、時空エンジニアの偵察員であるホルトの聖櫃に思いを馳せた。あれはまたもどってきただろうか？　グレイの国の偵察を終えただろうか？

小屋のなかの残骸など、保管係がこのとき体験したことにくらべればたいしたことではなかった。かれの林が消えてしまったのだ。小屋とともに。そこには深い穴が口を開き、無限の闇に満ちていた。

グルシュウ＝ナスヴェドビンはそれを茫然と見つめると、あわてて中央博物館に向かってもどっていった。飛翔グライダーを見つけ、それを使う。遠くからでも、同胞たちが神殿リングの周囲に集まっているのがわかった。みな、モノリスのように孤立して立っている。議論はしていない。沈黙したまま、数名ぶんの体長の距離をおいて、博物館の外壁のそばでならんでいた。保管係は一匹狼で、たがいを訪問しない。かれらの意志は芸術品の保存に向けられている。さらに、自分たちの共生体だけでうんざりしているため、たがいに距離をおくことを好んでいた。

「わたしの林も襲われた」グライダーから降りると、かれはいった。「帯を見たか？シャツェンの空に浮かんでいて、もうすぐ中央博物館とらせんモニュメントにたどりつく。結論を導きださなくては！」

「で、結論は？」ドロヴォン＝クウェリンクが鋭くたずねる。「きみはどうしたいのだ？」

「シャツェンをはなれ、とにかくグレイ領主に事件を知らせなければ」と、グルシュウ。

「きみはおかしくなっている！」ドロヴォンはかれの背中から叫んだ。「いつものようにな。正気をたもったアレスタワン人など見たことがない！」

グルシュウはそれを黙らせた。ほかの者たちとともに、かれは待った。多くの保管係があちこちから集まってくる。なかには長い距離を歩いてきた者もいた。

グルシュウ＝ナスヴェドビンは決心した。その場をはなれ、中央博物館のなかに急ぐ。いちばん近い通信設備に向かうと、ムータンの転送機ドームに接続した。

「助言が必要だ」スクリーンに一グルミング人の顔がうつると、かれは大声で呼びかけた。シャツェンでの出来ごとを急いで報告する。

グルミング人は複眼を見開くと、領主ダンカンに情報を伝えた。やがて回答があった。

「ニー領ではことのしだいを把握している。ニュートルムでの活動に問題が生じたのだろう。シャツェンは、ムータンの転送機ドームの半径十五万キロメートル圏内に位置している。そこでそのような現象が起きるはずはない。おそらく重層的な現象だ。だが油断は禁物《きんもつ》。もちこたえられないようであれば、転送機ドームの近くまで移動してくれ」

「シャツェンをはなれる気はない」保管係はぶつぶついうと、通信を切った。報告しようと博物館にもどる。同胞は散り散りになっていた。かれはこの件についてともに話したり、かれらを追いかけたりしてもしかたないと考えた。かつては自分の林だった穴のところにもどり、飛翔グライダーのなかから眺めていたが、見ているうちに闇が濃くなっているように感じた。

気のせいじゃない！　かれは思った。深淵の息吹が触れてくる。

十五万キロメートル圏内の説が正しくないのであれば、まだのこる博物館の芸術品を守るためになにか行動しなければならないということ。

保管係はグライダーに乗ったまま、おちつきなく動いた。気分が悪い。グライダーは迫りくる吸引力に抵抗しはじめた。突然に吹きだした冷たい風にかれは凍え、消えた林があった場所からはなれた。

吸引力で飛翔グライダーは中央博物館の方向に引かれていく。なにもかも手遅れではないかと、保管係は考えはじめた。ニュートルムがひと役かっている。グライダーの通信機器が受信したあらたな通知では、憎むべき時空エンジニアの責任だということだった。かれらは光の地平をはなれ、深淵の地をその運命にゆだねたのだ。

吸引力がさらに強くなり、飛翔グライダーからずり落ちそうになる。グライダーは地面すれすれまで押しつけられ、藪をかきわけるように飛んだが、その後は動かなくなり、吸引力がおさまるまでかなり長く草のあいだを引きずられた。かれはゆっくりからだを起こし、虚無の縁に立った。

「いいかげん、ここをはなれるんだ」背中でツィルミイがやかましくいう。「こんな命の危険にさらされて、なんのためにわれわれ、共生しているんだ？」

アレスタワン人は答えなかった。無言で進みつづける。保管係の計算でほとんど半日かかってまわり道したすえ、ようやく、震えて混乱して秩序なく集まる同胞のもとにたどりついた。今回は全員そろっている。小屋がまだあったとしても、そこはもはや安全ではなくなっていた。保管係たちの声は入り乱れていたが、だれもが自身に向けて話している。

「博物館の転送機がわれわれの救いだ」と、グルシュウは告げた。異人とのつきあいが多かったので、心の内にあるコミュニケーション障害をもっとも容易に克服できている。

「転送機数基を作動させ、転送機ドームに向けて調整できれば助かる」

「芸術品はどうなる？」ドロヴォン＝クウェリンクはまさしく、たけり狂っていった。

「だれが守るのだ？　グレイ領主のために芸術品を保護するのが、われわれが最優先すべき任務ではないのか？」

「消滅プロセスがつづけば、芸術品はまもなく消え去る、ドロヴォン」と、グルシュウ。

「最善策は、動かせる芸術品をすべて持っていくことだ！　わたしについてこい！」保管係は声をかけた。全員がしたがったのを確認して安堵する。かれらは国じゅうの博物館に散らばり、数日間をかけて、信じがたいことをやりとげた。すでにグレイ化から脱していた芸術品をすべて転送機で運ぶ準備がととのったのだ。

しかし、そこにピルクスがやってきた。グレイ領主の使者は、グルシュウ＝ナスヴェドビンをアザミの森へ導きだした。暗い穴や、口を開けた溝は消えていた。林がもどり、小屋や博物館ももとどおりになっている。

「きみたちは騒ぎすぎだ」ピルクスが保管係にいった。「こうした不安定さは自然と解消されるというのを、知っておくべきだったのだ。ニュートルムの機器類は適切に機能している。転送機ドームとその周囲が害を受けることはない。些細な事故はこのさい、どうでもいい」

領地はどこに消えるのだ？　と、グルシュウはたずねたかったが、口にはしない。ピルクスをほうったまま、最短の方法で小屋にもどり、そこにもぐりこもう。もはやなにも見聞きしたくない。いまシャッツェン全体が外に出された芸術品であふれていても、自分にどんな関係があるだろうか。だれかがなんとかするだろう。

保管係は小屋に入ると、驚いて声をあげ、あとじさった。かれの林を汚《けが》して侵入した者がいたのだ。かれと同じくらいの身長で、宇宙服を着用している。宇宙服にまちがいない。いまは領主判事になった深淵の騎士が着用していたティランに似ている。

グルシュウ＝ナスヴェドビンは、床に横たわる男に用心しながら近づき、まるいヘルメットに触れた。留め具を見つけて、すばやくヘルメットをはずす。

まったく未知の生物のつぶれた目をのぞきこんだ。臭いガスが噴出してきて、かれは外に逃げだした。アンモニアと硫黄《いおう》のにおいだ。においが消えるとようやく、保管係は小屋にもどった。

死んだ男を外に引きずりだし、林から遠ざける。自責の念を感じて、穴を掘って異人を埋葬した。らせんモニュメントに通信をつなぎ、自動システムにムータンへ通知を送るように指示した。

なぜならひとつだけ、グルシュウ＝ナスヴェドビンがはっきりわかったことがあったのだ。この死者は深淵種族ではない。死んだいまも、ヴァイタル生物のオーラを持っている。

それは保管係が吐き気を催すものだった。

*

ガンボーンは数ある領域の一例にすぎない。深淵のいたるところから住民は立ち去っていた。近距離転送機を使ってグラス形の転送機ドームの周辺に向かい、ドームの周囲の決まった区域があふれていると、新しくきた者は自動的に住民数のすくないべつのドームにまわされる。こうして小規模な種族放浪が起きた。家族が離散したケースもかなりあり、深淵の地の住民たちは抑鬱状態におちいったが、グレイ領主たちは意味のある秩序をもたらすために手段をつくすと約束した。大小のグループの交換がおこなわれる。それでも、避難はまるで完了していない。これまでのところ、ドームとニー領の指示と通知にしたがったのは住民の四分の一だけだ。

アトランとジェン・サリクはガンボーンの中央ドームに司令本部をかまえた。ガンボーンはヴァジェンダから半光時ほどの位置にあり、深淵の地の中心からはなれている。光の地平に向かってのびる広大な面積は、直径が十二光秒あった。そのため、ここには転送機ドームが数多くあり、それぞれ同じひろさを占めている。予測最終値算出では、ドーム周辺の保護区に深淵の住民全員が収容されても長期的に問題ないと判明していた。

領主判事ふたりは一制御室にいた。かれらにはジャシェム二名が同行していて、クリオとつむじ風もともにいた。アバカーは不機嫌な顔をしていた。なにもはげみに感じられるものがないようだ。グレイ生物には陽気さもユーモアもない。かれらの気質は非常にまじめながら、無感動と無関心が混在していて、かなりの憂鬱さがある。

「領主がくるよ」アバカーはどうでもいいようにいった。「なんの用事だろう? ほかの部屋を使えばいいのに!」

それは中央ドームを指揮する領主ボサンだった。ここはかれの国だ。領主はふたりの領主判事に近づくと、従順に一礼した。

アトランはかれを探るように見つめた。いつものように暗いローブのなかはなにも見えない。フードの奥はグレイの霧が泡立っているようだ。アルコン人は何度もこの霧に、無邪気さに満ちた大きな目のある顔を見た気がした。それはたしかに錯覚だったが、最後の時空エンジニア五名がのこした印象が強すぎて、すぐには忘れられないのだ。

憎むべき時空エンジニア。かれらに、崇高な目的をいだくグレイ領主たちが対峙《たいじ》している。

「ボサン、ようこそ」かれはいった。サリクもしたがう。

「予定は定まった」領主が知らせる。「確認したいようであれば、コンピュータのプリントアウトもある！」

「きみの言葉だけで充分」サリクは応じた。「グレイの国では領主のあいだに不信感はない！」

フードがさがった。承認の合図だ。ボサンは、領主判事ふたりの尺度で四分の一年にあたる期間を告げた。そのあいだに多くのことが起き、時空エンジニアは眠れなくなるだろうという。

「長くかかりすぎる」領主判事アトランはいった。「それほど時間はない」

かれはそこで生じる技術的なむずかしさを考えた。転送機ドームの周辺を封鎖して、消滅の影響をまったく受けないようにする方法はまだない。すくなくとも領主の側から見れば、そのような保護方法はなかった。転送機ドーム十五万基の装備を変更し、バリア・フィールド・プロジェクターや、酸素、重力、気候などを技術的に調整できるようにしなくてはならない。そのため、自給システムに切り替える必要があった。各ドームおよびその周辺地域は、これまでニュートルムが満たしていた機能に匹敵する技術機器をそなえた小規模な深淵の地にならなければならないということ。

それにはジャシェムの広範な知識が必要だった。

「フォルデルグリン・カルト！」

領主判事アトランはジャシェムに向きなおった。

「〝壁〟は攻略不能だ。しかし、サイバーランドに到達するべつの方法があるはず。かつてヴァイタル・エネルギーが流れていた洞穴は？」

「洞穴はニュートルムによって遮断される。さらに、サイバーランドにはなにもない。だめだ、アトラン、その考えは捨ててほしい。ジャシェムの力抜きでやらなければ！」

ふたりの領主判事はこわばった目で、視線をかわした。サリクは否定するように首をまわし、アトランも同じしぐさをした。方法がない。グレイ領主の技術手段は、深淵の地を征服し、権力をかため、ニー領を光の地平に抵抗する砦にするのには充分だった。しかし、ニュートルムの代用品にはならない。

だからこそ、ニュートルムを征服しなければならないのだ。これが無意味であることは、ゴンドラの試みでしめされたが。それに、最後の五名がもたらしたヴァイタル・エネルギーによってニュートルムのなかでカタストロフィが引き起こされるのを待つというのは、望みのない行為だった。

ドームのまわりに防御バリア・プロジェクターを設置して、救うべきものを救うほかにできることはない。

アトランは山要塞の城郭にメッセージを送った。トレッスと連絡をとり、問題を伝える。

「善意からしたことだったが、われわれ、領主の方法を過大評価していた。それでも保護区への避難の続行に賛成したい。ひょっとすると、グレイ作用で奇蹟が起きるかもしれない！」

奇蹟を信じるというのは、たしかにグレイ生物らしくない。アトランはボサンの反応からそれに気づいた。グレイ領主のローブがおちつきなく動く。ボサンはアトランとサリクに向かって数歩歩みより、フードのなにもない開口部をふたりにかわるがわる向けた。

「戦術的な理由からヴァイタル生物の考え方を引っ張りだしたのなら、賛成するが」だみ声が響く。「領主判事として、あなたがたはそうするしかないのかもしれない。グレイ議場を運営し、責任をもって決定をくだす立場なのだから。最初からいたグレイ領主六名と最近くわわったふたりは、おたがいのあいだにあるものを維持するために協力しなくてはならないのだろう！」

フードのなかの泡立ちが強まり、アトランはかつての時空エンジニアの顔がはっきりわかった気がした。しかし、すぐに相手の目がゆがみ、顔は醜さと生に対する侮蔑に満ちた渋面に変わる。そしてまたグレイになり、空虚なぼんやりしたものになった。ボサンはうしろを向き、別れの言葉もなく部屋をあとにした。礼儀正しさもグレイ生物には無縁のものだ。

ここでようやくふたりの領主判事は、奥のほうに侏儒がひとりかくれていたのに気づいた。ジャシェム二名の巨体のうしろに身をひそめていたが、こんどは洋梨形のクリオの陰にうつった。領主判事ふたりを熱心に見つめている。

アトランは制御装置に向きなおり、巨大な避難施設の最新データをとりだした。そこにはわずかな変化しか認められなかった。おそらく四分の一年という想定は充分でなく、さらにかかりそうだ。

無力感にアルコン人は襲われた。グレイ生物になった感覚だ。期待されていることに全力を注ぎこもうと考える。

「わたしはピルクス」侏儒が突然いった。「深淵時間のいつか、わたしの名前を思いだすでしょう」

「だれに送られてきた？」サリクが侏儒に歩みより、つむじ風とクリオが両側からはさみこみ、出入口への道をふさぐ。「きみはグレイ生物なのか？　それとも領主判事の仕事を妨害しようとしているのか？」

「わたしは使者で、あらゆる深淵の地を訪れ、住民を啓蒙しているのです」侏儒が応じる。「あなたがたはこれからなにをするつもりで？」

「ヴァンヒルデキンに向かって出発する」サリクは説明した。「そこに玩具職人の多くのグループが集まっている。かれらを深淵の地に分散させたいのだ。防御バリア・プロジェクターなどの作成を手伝ってくれるはず。どこも機器が不足している！」

「すぐにとりかかるわ」クリオがいった。「ともかく、わたしのからだを分割することが、この厄介な洋梨形でなくなるためのはじまりよ。違うかしら、アトラン？」

彼女はすばやくわきに身をかわした。ピルクスが彼女のいるほうに突進してきたのだ。侏儒は彼女の横を通り過ぎ、出入口へ急いだ。つむじ風はかれを追いかけようとしたが、テレポーテーションをしようとしたときに、サリクにとめられた。

「ほうっておけ。かれはわれわれ同様グレイ生物だ。あちこち嗅《か》ぎまわるだろうが、それだけだ！」

若いアバカーは不機嫌そうに肘かけ椅子に腰をおろした。

「それならグレイの道具も自分たちでつくってよね」無愛想にいい、顔をそむける。

「出発だ！」アトランは告げた。「転送機までついてきてくれ。カルトにヴロト、いっしょにこい。こんどのあらたな仕事がいかに重要か、サイリンを説得するのだ！」

グレイのサイリンたちは無気力で不機嫌だった。かれらの性格の悪い面が、グレイ作用によって何倍にも強化されているからだ。

「あ、あれは、一……」フォルデルグリン・カルトはいった。

「ジャ……ジャシェム……」と、カグラマス・ヴロト。

二名はいっしょに出入口に突進し、茫然として同胞を凝視した。領主判事ふたりも駆けつける。

「コルヴェンブラク！」カルトが叫ぶ。

「ナルド！」と、ヴロト。「どこからきたのだ？」

「サイバーランドから」と、テクノトールは応じた。「ほかにどこがある。時空エンジニアはまたもやおろかさを露呈した。〝壁〟を消滅させるように独居者をしむけたのだ。ジャシェム帝国とのこりの深淵の地とのあいだから障害物がなくなった！」

「これでは計画は大幅に変更しなくては」領主判事サリクはいった。「ヴァンヒルデキンに行くのは省略してもいい」

仲間の視線を探しもとめたが、アトランの顔は硬いままだ。領主判事ふたりはドアを抜け、近くにある小部屋に向かった。そこでグレイの仮面を脱ぎ捨てる。アトランはグレイ作用を心のなかから追いはらおうとしたが、それはつらい作業となり、二度ためしてようやく成功した。サリクも同じように苦労している。

「どういう意味だろうと」サリクは急いでいった。「時空エンジニアはニュートルムで間違いをおかしたにちがいありません」

「そうではない」アトランは反論した。「ことの展開を速めようとしている。だからサイバーランドを解放したのだ。われわれ、あらゆる手段を講じなくては。転送機ドームを早急に装備する必要がある」

アルコン人がグレイ作用に完全に浸っているあいだは粘り強く黙っていた付帯脳が、また言葉を伝えてきた。

〈テラの暦ではNGZ四二九年五月二十五日だ。高地からやってくる者に注意せよ。外の状況について情報を教えてくれるだろう!〉

アトランはこの思考をわきに追いやった。シャツェンでは死者をのぞいて、これまで通常空間から深淵にあらわれた生物はいない。それにもかかわらず、ふたつの次元間の障害が通過できるものに変わりつづけていることをしめす事件が重なっている。

領主判事ふたりは内心の思いをかくし、制御室にもどった。すべての準備がととのい、まもなくジャシェム帝国から深淵の地への最初の輸送がはじまった。

*

大きくて無邪気な目がわたしを見ている。

無邪気、それはわたしが感じたものにまさにぴったりの言葉だ。この生物はだれにも悪さはできず、他者に自覚的に危害をくわえる状況になることもけっしてない。それとも〝自覚的に〟ではなく〝意図的に〟といったほうがいいだろうか?

ミゼルヒンの目は通常の目ではない。その視線はわたしのなかで火のように燃えあがり、わたしを通過して、銀色の霧に、膨張を中止して次元空間の領域に区切りをつけるようにと命じる。視線は空気を澄みきらせて真空のようにしたので、輪郭が鋭く見えてわたしの目に痛みがはしる。視線は空間に命じて空間そのものをゆがませ、道が短くなるようにできる。その結果、情報の流れがさらに短くなり、その作用がより早く生じるようになる。すべてがミゼルヒンとほかの時空エンジニア四名の視線にしたがう。

ミゼルヒンのメンタルの声が聞こえた。それは銀の流れのように、わたしのなかに映像のかたちで実体化する。理解をこえた事物のあわただしいゲームだ。

わたしには理解できない。

〈その日が迫っている〉と、情報の一部が理解できた。〈われわれは、ちょうどやりとげられるだろう。あなたの暦であと数カ月だ、テングリ・レトス〉かれは数カ月という、わたしが自然にテラの暦で理解できる方法を使って、いった。

「あと数カ月？」

われわれの空間的な隔たりは、すくなくとも二キロメートルあった。時空エンジニアの小柄で痩せた姿は、次元空間の流れる境界のあいだではほとんど見わけられない。しかし、視覚的にはわれわれは、せいぜい三メートルもないところで向きあっている。ミゼルヒンは顔をゆがめて微笑した。

〈わずかなものだ〉と、かれは応じる。〈あなたには長く思えるだろうが、時空エンジニアには短い時間だ。意味のある行動をするには、あまりに短い。わかるか、テラク・テラクドシャン?〉

はじめて、かれから監視騎士団の創始者のフルネームで呼ばれた。

「わたしは努力している」わたしは応じた。「だが、そんなふうにいうのは、いま、きみたちが意味のあることをなにもしていないといいたいからか?」

直接的な答えはなかった。

〈われわれの最後のチャンスだ〉と、わたしはかれの思考インパルスを理解した。〈われわれは二度も、計画を実行にうつすために数十万深淵年という時をかけ、二度とも失敗した。なすすべもなく、この手のなかですべてがネガティヴに変わっていくのを見守るしかなかった。われわれは無力さをさらけだし、いまも呼吸をするごとに、心のなかにひそむ不安と戦っている。

・

そうだ、テングリ・レトス、われわれはまた失敗するのが恐いのだ。勇気と希望をあたえてくれるものはただひとつ、自由に使える短い時間だけ。失敗のために準備して失敗をくりかえすような余裕はない。これまでとはまったく違うのだ。スタルセンに三名の深淵の騎士があらわれ、短時間でかれらが多くの重要な深淵の地を横断したこととともに、それははじまった。永劫の時間軸が突然、有効ではなくなった。われわれは不安になった。運命の合図を理解しているからだ。時間が展開全体の主要素になっていることが、徐々にだがわかってきた。グレイ作用の拡大がさらに勢いよくなり、われわれもついに無気力状態から目ざめ、深淵の騎士が光の地平に到達する場合にそなえて最後の一歩を踏みだすことを決断した。あなたがたが光の地平にたどりついたとき、われわれは震え、歓声をあげた。

それから、ずっと昔に自身でつくりあげた困難な遺産を引き受けたのだ。

われわれはまだ五名いる。本当にまだいるのかどうかなど、コスモクラートは気にしない。かれらはすべての深淵種族を見捨てた。だが、恨んではいない。数十億名の住民や数千種族の存続よりも、かれらにとって重要なことがあると知っているからだ。

われわれ、いま、最後の避難地にたどりついた、レトス゠テラクドシャン。ニュートルムはわれわれにとって救命いかだだ。ここでなら、いつの日かヴァイタル・エネルギーを深淵にあふれさせられれば、われわれは生きのびられるだろう。深淵ではエネルギーは霧散し、効果を失ったままとなる。多くはのこらず、かつて存在したもののなごりがあるだけだ。

最後の唯一の方法となった一歩は踏みだした。だれが感謝してくれるだろうか？

不安から解放されることはない。それは不可能なのだ。いつもともにいたから。不安は滅びることのない呪い、いや、それ以上だ。

われわれは忘れることができない、深淵の騎士よ。自分たちがしたことを、抑圧してなかったことにするわけにはいかないのだ。すべてをおぼえていなくてはならない。時間に対するわれわれの勝利を、ペリー・ローダンひきいるテラナーたちはピュロスの勝利と呼ぶだろう。絶えることなくつづくこの状態は病気ではないのか、急いでその病気から宇宙を解放しなくてはならないのではないかと、よくわれわれは自問した。だが、それはうまくいかなかった。われわれはほかの生物の攻撃からだけでなく、われわれ自身からも守られているのだ〉

「まったく同情する。よくわかる！」

〈同情というだけではたりない、テングリ〉と、ミゼルヒンにさとされる。〈われわれの存在は自分たちにとって、あまりに長く呪いのように思われた。それをずっとがまんしてきたのだ。深淵種族と全宇宙を助けられるなら、われわれは自身を犠牲にするだろう……〉

ミゼルヒンは話を中断した。その姿が突然、目の前から消える。次元現象の隔離が終わり、ふたたび幻覚のような暴風がわたしとホルトの上を吹きぬけた。聖櫃はスクリーン・コンソールのあいだの床でじっとしている。まったく動かず、まだ生きているのかもわからない。

わたしはずっとすわっていた肘かけ椅子にもどり、エネルギー製の防護フードをかぶった。これでプシオンのイメージはすくなくとも耐えられるものになった。だが、いつまでもつづいたら？

ミゼルヒンが、数カ月だと話していた。すでに二カ月半、われわれはニュートルムにいて、合成物を食べている。これを製造している機械はおそらく、われわれの排泄《はいせつ》物も使っているだろうと思われた。宇宙ハンザの時代、それはめずらしいことではなく、嫌悪感はない。光の守護者として長いあいだ生きてきて、まったく違う条件のなかで暮らし、生きのびたこともあったから。

何カ月だろうか？　アトランとの次のコンタクトはいつになるのだ？

時空エンジニアがわたしの思いを受けとめ、回答をくれるといいのだが。ほかにもたくさんの質問がある。グナラダー・ブレクはどうなったのか？　かれの姿を見ることもなく、噂もとどかない。まるで深淵の独居者がもはや存在しないかのようだ。一瞬、時空エンジニアは誠実なのだろうかという疑問が芽生えた。独居者は殺されてしまったのか？

〈どうかしている！〉頭のなかで声がした。数秒かかってようやく、その声がホルトのもので、生きている合図をくれたのだとわかった。もしそうだとしたら、かれはなにも問題はないということをたしかめるために、情報流のなかに入ったのだろう。〈忘れたのか？　思いがけぬことが起きるのを。あらかじめ予定されていない深淵の地の一部は消滅するということを。たとえば、シャツェンの一部はどうだ？　運よく、すべてもとどおりになった。ヴァイタル作用のおかげだ。最初につきものの困難はあったが、いまはすべてとどこおりなく進んでいる。状況がどう進んでいるか、わかったか？〉

わたしはずっとひたすら、スクリーンを見つめつづけてきた。いまでは深淵の地のすみずみまで知りつくしている。とくに〝曲がり角〟にあって、くりかえし生じる溝に悩ませられている領地にくわしくなった。かたい物質の一部が消えると、不規則なぎざぎざの溝が生じるのだ。

時空エンジニアからの連絡がくるまで、どれだけの時間がたったのかはわからない。われわれはかれらにとって、もはや意味を失ったようだった。しかし、突然、かれらはあらわれた。次元空間から出てきて接近してくる。五名だけで、独居者はいない。

「独居者はどこだ？」わたしは強くいった。答えたのはジョイリンだった。かれの声は甲高く響き、明らかに疲労がにじみでていた。

「かれにはすべきことがある。あとで会えるだろう。しかし、いまはこれから起きようとしていること、起きるにちがいないことについて話しあいたい」

「これまで起こったことについて、むしろ教えてくれ！」

「深淵の地で動かせる物質は、三分の一以上がすでに転送された」ミゼルヒンがいう。

「深淵穴周辺の通常空間で物質化している。そこで人工の巨大恒星を構築する原料に使われるのだ。救命いかだは人工惑星となり、これからつくる恒星を周回することになる。しかし、まずは救命いかだが急速に完成されるのを待たなくてはならない。このプロジェクトにはジャシェムの技術が必要だから、われわれは〝壁〟を排除した。独居者がようやく納得して、実行できたのだ」

「わかったぞ」わたしは大声でいった。「きみたちは住民を十五万の島に送ることで救ったのだな。だが、なぜせまい地域ごとにやる必要があるのか。大きな大陸単位ではいけないのか？」

「理由はわかるだろう」と、ミゼルヒン。「かんたんに見ぬけることではないか？　われわれは深淵種族を救うだけでなく、グレイ作用も最終的にかたづけたいのだ！」

わたしは自然と目をあげ、施設の境界を見やった。そこには蓄えられたヴァイタル・エネルギーが金色に輝いている。ようやく関連性が見えた。

「この計画は成功すると信じている」わたしはいった。

時空エンジニアたちはこちらに跳んできて、わたしをぐるりとまわった。子供のような大きな瞳がわたしをじっと見る。

「本当に？」声をそろえて叫ぶ。「本当に信じているのか？　自分がなにをしたかわかるか、テングリ・レトス？　われわれに勇気をくれただけでなく、宇宙最大のできそこないの不器用な手を信頼してくれるのだな。いいのか？」

わたしはうなずいた。

大きな瞳に光が宿った。時空エンジニア五名がたがいに手をつなぐ。床から浮きあがり、ドーム天井のヴァイタル・エネルギーのすぐ下まで上昇していった。

「こうして希望が膨らんでいき、計画が定まって、なにもかもいい方向に向かう」そろった声がいう。「銀色の流れは深淵の地のすべての筋を分析し、そのかつての意味を明らかにした。結論はただひとつだけ。コスモクラートが深淵穴でなにかをする。トリイクル9がもどってきたら、かれらは深淵穴を変えるだろう。そこはプシオン・フィールドのためのハッチとして使われるはずだ。よく聞け、レトス。いいか、ホルト。領主判事ふたりに次のことを伝えてくれ……」

5　スタルセンの終焉

　明滅する光が消えて、虚無に空間ができた。虚無から壁が高く伸び、曇り空まで達する。それは金属の強靭《きょうじん》さを持つフォーム・エネルギーでできており、プシオン成分をふくんでいた。七百七十万平方キロメートルという広大な土地をかこみ、かつてはそこからだれもはなれられないようにしていた壁だ。

　状況は変わった。深淵穴の下の深淵の地は完全にグレイになっている。転送機ゲートがふたたび作動し、ついにグレイ領主が大陸の規模を持つ都市を掌握したのだった。

　スタルセン、すべてがはじまった町。冒険のはじまりの町だが、いまや混沌のなかで破滅の危機にさらされている。あるいは約束のなかで、だろうか。それは見方しだいだ。

　アトランとジェン・サリクが一ゲートで実体化した。ふたりはふたたび足もとに地面を感じ、あたりを見まわす。壁のこの地帯は未知の場所だったが、すぐに目的地に到着したことがわかった。都市のシルエットと建物の前面から、疑いの余地がない。ふたりは活動の出発地点にもどったのだ。助修士とゲリオクラートの勢力地であり、五つの階級制度を持つ都市に。

しかし、スタルセンではあらゆることが変化していた。ゲリオクラートはいなくなり、オクトパスも機能しなくなっている。階級制度は最長老と助修士長が打ち負かされたあとに廃止され、最近の決定的なグレイ化以降はだれも再導入しようとしていない。

それはスタルセン供給機のせいだった。

「ようこそ、領主判事」声が聞こえてきた。「われわれにとって名誉であり、義務でもあります。ついてきてください。道を案内するよう、領主ガーシュウィンから派遣されました。おまかせください。通りは安全です。かつてと違い、追いはぎはいません。そのようにまがまがしいことを当時した者は呪われるといい。ええ、領主判事、スタルセンはすっかりグレイになりました。住民はみなグレイ作用の利点をありがたく思っていますす。だれもが同じです。信じてくださってかまいません。わたしは心の底からグレイです！」

「そうにきまっている」領主判事アトランはだみ声を出した。「すべてがグレイだ。深淵の地全体が。まもなく宇宙全体もそうなる」

「終末が訪れ、絶対に必要なことがおこなわれる」領主判事サリクがいいそえる。「きみの名前は？」

「おやおや、忘れていました」その生物は陰鬱にいった。「わたしはガンティン・ガルいました。ですが、その名前は、旧・深淵学校に引きこもって地表の宝をチュルチに託したときに意味を失いました。信じてほしいのですが、そのときわたしの人生は根本からくつがえったのです。わたしはもはや当時のゼロ階級市民ではありません。ま、実際にはこのグレイの時代、全員がゼロ階級市民になったわけです。本当はよろこぶべきですが、よろこぶなんてグレイ生物には似つかわしくありません。というわけで、たんにガンティンと呼んでください。かつての略奪者チュルチにはいまだに無口な小男と呼ばれていますが。かれには、何度めかの暗黒の時のあとから会っていません。ついてきてください、向こうの近距離転送機に向かいます。目的地はすでに旧・深淵学校に調整してあります！」

ガンティン・ガルボは黙った。ふたりはそのあとについて転送機ゲートの前の広場を横切っていく。ガルボは建物の壁にある崩れかけた立方体をさししめした。

「そこからすべてがはじまったのです」と、叫ぶ。「ご存じでしょう。グレイ化が起きたあと、転送機ゲートが開いてからはまったく問題ありません。スタルセン供給機が都市に提供できないものは、領主たちがすべて面倒をみてくれましたから。その前は最悪でした。供給機が機能しなくなり、都市搬送システムと市民防御システムが完全に破綻したのです。チュルチは第一従者としてまさに重荷につぶされそうになりましたが、かれには助けてくれる仲間がたくさんいました。実際、都市のすべての生物がよく協力したのです。さしせまった飢饉は回避されました。スタルセンはしだいに栄えていき、あらたに文明の最盛期を迎えようとしていたとき、救済のグレイ作用があらわれ、すべてがさらに楽になりました。領主ガーシュウィンは都市の主となり、チュルチをグレイ生物の最高告知者としました。かれはそれまでの地位に固執《こしつ》しましたが、領主の指示にしたがわなければならなかったのです」

かれらは近距離転送機に到達し、かつて玄関ホールであったはずの建物のくぼみに立っていた。壁がとりはらわれ、ひろくなっている。

領主判事ふたりが振り向くと、背後にはスタルセンの壁がそびえ建ち、明滅するゲートから、最初のソルジャーたちが技術的装備を収納した重いコンテナを持って滑りでてきた。この機器で領主判事ふたりは仕事を完成するのだ。

グレイ生物と深淵のために。それが深淵哲学の望みだ。

アトランはつかの間、クリオとつむじ風のことを考える。ふたりをサイバーランドに送り、ジャシェム二名もそれを追った。グレイ議場は引っ越しの用意をしている。ニー領の山要塞は、わずかな住民をのこし荒野同然になるだろう。城郭にもグレイ生物はほとんどいなくなる。領主判事たちはサイバーランドを救命いかだにした。ジャシェムの技術を使えれば、深淵の地の権力を掌握できるからだ。ジャシェムはグレイ領主に辛抱強く服従し、あらゆるグレイ種族のなかで、もっとも貴重な存在となっていた。

領主判事アトランは満足していた。

「どうやら、無口な小男の部分を失っていないようだな」サリクはガンティン・ガルボにいった。すぐに三名は転送機にのみこまれ、大陸の規模を持つ都市のまんなかでふたたび吐きだされた。

実体化したのはたいらな屋根の上だった。百メートルたらずのところに、旧・深淵学校のかたむいた塔がそびえている。ずっと前にかれらは深淵リフトできたことがあった。

平たい屋根の奥は背の高い立方体の建物だった。ゲートが開き、かれらはそこに向かって歩いていく。無口な小男はふたたび声をあげ、新時代の建物の意味を説明したが、ふたりともその言葉に注意をはらわず、建物の内部をのぞきこんでいた。金属的に輝く壁にかこまれたホールと、都市をおおう曇り空に似た天井がある。ホールには三名の姿があった。アトランはローブを見て、領主ガーシュウィンだとわかった。その隣りには旧知の二名がいる。アトランとサリクはわきあがるよろこびを感じたが、グレイ作用につつまれたかれらの石化したような顔には、どんな感情の動きも表に出せるすべがなかった。

「チュルチにウェレベル」アルコン人は無関心そうにいった。「しばらくぶりだな！」

「不思議でもありません、ジェンにアトレンタ」白い毛をした馬ほども大きい六本脚のゴールデンハムスターがぴいぴい声を出した。頭のすぐ下にある長い腕が垂れさがっている。チュルチの目はどんよりしたグレイだ。その隣りにはメイカテンダーのウェレベルが立っていて、サドルバッグの重さで倒れそうだった。

領主判事ふたりは、かつての仲間たちにそれ以上注意をはらわず、グレイ領主に目を向ける。フードの下の実体のない霧にもいらだちは感じなくなっていた。自然のものだと感じるようになっていたのだ。

「計画を聞いた」フードの下から声が響いて聞こえる。「感激するような話ではないが。スタルセンをわたしの救命いかだにしたかったのに、転送機ドームのひとつに逃げなければならないとは」

「ローブを脱がなくてすむだろう」サリクは皮肉をいった。「なにもかもまたたく間に苦痛も感じることなく終わる。分子破壊砲はすでに予定の場所に設置された。住民の避難がまにあうかどうかは、きみしだいだ」

「準備は万端だ、領主判事サリク。グレイ議場の要望は、わたしには命令だ。それがグレイの国の平安のためだとわかっている。高地からの侵略などあってはならない！」

かれは賓客を、都市の全域を確認できる制御室に案内した。領主判事ふたりは快適な肘かけ椅子に腰をおろし、住民が近距離転送機に押しかけて転送ゲートに放射されるのを見守った。そこから用意されたプログラムで最終目的地まで導かれるのだ。

「避難に二十時間以上かけてはならない」アトランはグレイ領主にきつくいった。「その期限をこえてスタルセンにのこってしまうと生きのこれない。これは変えられないのだ。グレイの国を確実に存続させるために、われわれ個々人が無条件に命を犠牲にすることになるぞ！」

「わたしは最後に都市をはなれる」ガーシュウィンはいった。「この最後の時間を、ピルクスにわずらわされたくないからな」

「ピルクス？」領主判事サリクは低くいった。「かれはここになんの用があるのだ？だれに送られてきた？」

「だれにも送られてはいません」背後から侏儒の声が響いた。「わたしはグレイ作用の望むまま、行き来するのです！」

かれらが振り向いたときには影が見えただけで、ピルクスはすでにドアから外に逃げだしていて、二度ともどらなかった。その後、だれもが都市をはなれてしまったあとも、その姿は見られなかった。

「遅かれ早かれ」領主判事アトランはいった。「われわれ、またかれに会えるだろう。遅くとも、サイバーランドにもどったときに！」

＊

コスモクラートとその補助者たちが、深淵での展開を黙って見ているると考えるのは非論理的だろう。創造の山の移動と、通常宇宙から多くのものが侵入しているという状況は、物質の泉の彼岸の存在が、亀裂や通路が大きくなるのをじっと待っていることをしめしていた。深淵にもっとも足を踏み入れやすくなる場所、深淵穴からよりも早く深淵の地を管理下における場所を探っているのだろう。グレイ領主は高地からの侵略を予想し、スタルセンと深淵穴のあいだのリフト連結を破壊しなくてはならない。しかし、深淵穴はプシオン的に生きている構造物のため、かんたんに爆弾で破壊することはできない。深淵の地とのつながりをなくすことが肝要なのだ。そのため、スタルセンを犠牲にするしかなかった。大陸規模の都市とその基盤は、都市外壁に保持されるエネルギーが自然に放出されることで崩壊し、それによって深淵穴が固定された場所からはずれて漂流するはず。すると、深淵穴を通って深淵の地へ入る道がふさがれ、グレイ議場にはふたたび、権力と救命いかだの安定性を確立するための時間ができるだろう。

かれらは都市の外で配置についた。ククパクスの移動する家の瓦礫《がれき》が目印になっている。ソルジャーたちは管理スタンドを建て、領主判事ふたりは都市外壁を見わたせる大きな肘かけ椅子に陣どった。かれらの隣りで領主ガーシュウィンが反重力円盤に乗っていて、チュルチとウェレベルはその数歩うしろにならんでいた。

「詩はどうかな？」メイカテンダーが甲高くいったが、チュルチは応じず、顔をスタルセンに向けて、しずかにいった。

「われわれがもたらすのは大きな犠牲です、アトラン。ですが、グレイ生物のために、われわれは全力をつくします。ウェレベルは種族とのコンタクトを失い、わたしには種族というものがありません。そういうものが存在するのかも、いるとしてもその場所も知りません」

「そんなことはどうでもいい」アトランは鋭くいった。コンソールを一瞥すると、カウントダウンが終了間近なのがわかった。あと数秒しかない。

「はじまる!」ガーシュウィンがうなるようにいった。ローブの腕をあげ、遠方で空に向かってそびえる都市外壁を、非難するようにさししめした。

ジャシェムの分子破壊砲が攻撃を開始した。フォーム・エネルギーの壁を崩壊させ、暴風を巻き起こす。突然、一帯に音が響きわたり、壁はついに目に見えないエネルギーに変化した。閃光があちこちにはしり、深淵定数の上では雲の層のグレイのなかに黒い穴が形成され、そこから通常宇宙の星々の光が一瞬だけ射しこんだ。

「ああ!」チュルチが声をあげる。「あれはなんだ? コスモクラートか?」

穴はふたたび消えて、都市の建物が見えるようになった。旧・深淵学校のかたむいた塔がはっきり浮かびあがったが、周囲の建物のあいだで縮んでいき、やがて消える。

領主判事ふたりは、建物が砕け散るのがわかった。瓦礫となって通りに落ちていき、そこで粉砕されている。最初の崩落が起きた。この出来ごとは地表だけでなく、大地の下にも起きていたため、空洞ができて都市の一部が沈みこんだのだ。

すべてがまったく音もなく発生した。高さのあるエネルギー壁が全体をつつみ、のこりの深淵の地をスタルセンから切りはなす。急速に進んで半時間もたたないうちに、スタルセンも下の地面ももはや見えなくなった。大地のまんなかに穴が深く黒々と口を開けた。それは大陸ほども大きく、全体を把握しきれない。かれらはただ、この作戦が予定どおり成功をおさめること、スタルセンと深淵の地の南極がもはや存在しなくなることを願っていた。南極というのは、円盤形の深淵の地において、創造の山や光の地平のちょうど反対側にある地帯のことだ。

領主判事ふたりは椅子をはなれ、グレイ領主のあとについて転送機の壁に向かった。そこからファレン＝デインにある次の転送機ドームに移動する。ガーシュウィンは目的地をドームにある部屋のひとつに調整した。そのあいだ、アトランとサリクは、声を聞かれることのない部屋に引きこもった。

アルコン人はグレイ作用を外に押しだして、心の奥底にある思考のために場所をつくろうとした。だが、うまくいかない。四回、五回とためしたが、失敗に終わった。

かれはパニックにおちいった。グレイ作用にがっちり捕らわれてしまったことに気づく。かすかにうめき声をあげ、いつもは硬直している顔に恍惚《こうこつ》としたような痙攣《けいれん》がはしりはじめた。金属製の壁にもたれ、目を閉じる。背中が冷たくなり、ティランの機器も体温調整のために作動した。汗をかくが、下着は湿っていない。

六回めにためす。つづいて七回め。

ついに成功した。信じがたいほど力をつくして、グレイの意識を外側に押しだしたままにすると、額に浮いた汗を拭《ぬぐ》い、サリクをじっと見つめる。

テラナーも蒼白になっていた。大きく息をのみ、

「だんだんむずかしくなってきますね、アトラン」しずかに嘆息する。「フロストルービンが早く帰還し、グレイ作用に終止符が打たれないと、やられてしまいそうです。そうなったら、細胞活性装置も役にたたないでしょう。われわれ、グレイ生物のままになってしまう」

そうなったら、胸にある細胞活性装置がどうなるか、ふたりはまったく考えようとしなかった。最近はずっと救済計画の実行に集中していて、自分たちの今後にほとんど目を向けていない。

「レトスとホルトは、まだ数カ月かかるかもしれないと話していた。われわれは、この作戦の結末は見られないだろう。完全にグレイ生物になってしまい、時空エンジニアの計画を裏切ることになるのだ」アトランはうなずいた。「その前に、ニュートルムの者たちに警告しなくてはならない。残念ながら、コンタクトの可能性は一方通行だが。ハ

トル人がまた連絡してくるのを待たなければ！」

　自分たちが裏切り行為をするのではないかと考えると、とにかく意気消沈してしまう。すでに、この計画が成功するか否かは自分たちの出動にかかっていると気づいていた。失敗は許されない。

〈これからの動きに予測がついたか？〉付帯脳が話しかけてきた。〈時空エンジニアが自己防衛策を講じたということ。かれらは単独行動をやめた。救済計画が失敗しても、かれらだけに責任がかかるわけではない。光の地平からきた生物は抜け目ないな！〉

「では、行きましょう！」と、サリク。「グレイ議場の者たちが待っている」

〈時間は〉と、アトランは思考した。〈時間は本当にわれわれの指のあいだをすりぬけてしまうのか？〉

〈おそらくな、アルコンの族長。いまはNGZ四二六年六月一日だ。それがなにか役にたつか？〉

〈いや！〉

　かれらは部屋を出て、またグレイ生物にもどった。今回は時間をかけて、心の奥底にあるものを慎重に引っこめ、用心しながらグレイ作用に身をゆだねる。それが終わると、転送室に向かった。ガーシュウィンが待っていて、いらだっているようなしぐさを見せた。かれのあとを追って転送機フィールドに入る。次の瞬間、サイバーランドのテクノトリウムに出た。そこでは領主判事六名が待ちかまえていた。

「ハイパー領域でプシオン噴出が確認された」クラルトがだしぬけにがらがら声でいった。「都市の上の区域から！」

「深淵穴だ！」と、アトラン。「コスモクラートが深淵穴を通過しようとしている。しかし、もはや成功しない。スタルセンの上空は閉ざされ、深淵リフトの連結もなくなった。われわれの行動がちょうどまにあったというわけだ」

「それならけっこう」トレッスはいった。「救命いかだの確保に急ごう！」

突然、領主判事たちのあいだに黒褐色のちいさい影がひとつあらわれた。両腕でアトランとサリクを非難するようにさししめす。

「信じてはいけません！」その者は叫んだ。「かれらはぺてん師です。グレイ生物ですが、深淵の地の利益に反するような行動をしている！」

「なぜそんなことをいうのだ、侏儒？」領主判事フフリーは耳ざわりな声でいった。

「根拠が必要だ！　どこにある？」

「用意するから、信じてください！」

次の瞬間、かれらがいるホールから侏儒は姿を消した。

「頭のおかしなやつめ！」ライークは転送機のほうを向いた。領主判事のなかでかれは高く評価されていた。サイバーランドの〝壁〟が崩壊するかなり前にジャシェムの転送機システムを制御していたからだ。

「どうして頭がおかしいなどと？　あの種族はみな、ああいうものだろう」と、ジョルケンロット。

アトランとサリクは黙っていた。クラルトが侏儒を追いはらったさい、目立たないように手を動かしたのをふたりとも見たのだ。

新しい領主判事のふたりは、冷ややかにそっと目を見かわした。

6 真実の時

数週間、数カ月と過ぎていく。だが、グナラダー・ブレクは気にしなかった。ときどき、自身の揺りかごが懐かしくなる。そのなかでフォーム・エネルギーを浴びて、新鮮な力を集めたいと願った。かれは毎回、銀色の流れからエネルギーを吸収する。そうすると、願いも忘れ、また次元供給機の作業をつづけられるのだ。

深淵の独居者は、複数の次元空間の内側で方向感覚をまったく失っていた。自分の意識は完全に流れに統合させている。そうしていなければ、すべての事態の制御はできなかっただろう。当初は困難もあったが、なにもかもおちついていた。

〈避難に関する情報を！〉と、独居者はもとめた。分岐した流れがすぐに横にそれ、望みの情報流のために場所がつくられる。

〈全深淵住民の九十五パーセントが避難した。救命いかだの技術的な作業は完了している。レトスが領主判事ふたりと最後に接触したのは、深淵時間でいまから二週間ほど前〉

〈それ以降の接触はないのか?〉グナラダー・ブレクは疑問に思った。

〈ない。レトスはある情報を出すのをひかえている。ホルトもだ。そこから、騎士ふたりがグレイ作用に関して個人的な問題をかかえていることが充分考えられる〉

そうだったか、と、独居者は思った。はじめからそうした可能性を考慮していたのだ。時空エンジニアが夢みるようには、すべてが円滑にはいかないと、最初からわかっていた。

かれらは夢想家なのだ。だが、わたしはかれらを理解することを学んだ。かれらは自分たちの方法で決断しなければならなかった。かれらには選択肢はなかった。いまも方法はひとつしかなく、そこを乗りこえなくてはならない。ただ、ふたたびなにもかも時間がかかりすぎている。時間がかかればかかるほど、時空エンジニアの決定には誤差が生じやすくなるのだ。なぜわたしは、もっと早くそこに気づかなかったのか? この真実に? 時空エンジニアは裏切り者だと、どうしてずっと思いこんでいたのだろう?

次元供給機には、たしかに深淵の地で起きた事実がすべてふくまれていて、いつでも情報をかれに提供できる。しかし、かれはそうしたことを一度も質問しなかった。そうしたことを知っていれば、深淵の地の発展全体に影響をおよぼせたかもしれない。その場合、ジャシェムは慎重になっていただろう。ふたたび時空エンジニアに協力し、光の地平にもどることもあったかもしれない。

〈時空エンジニアよ、聞いているか？〉独居者は思考した。〈われわれジャシェムは深淵の地に対して罪をおかした。われわれは身をかくした。怒りにかられてしまい、グレイ作用に打ち勝つにはともに行動するしかないことに目を向けなかった。ともに行動し、いつも存在していたニュートルムの力を使わなくてはならなかったのに。われわれジャシェムは、きみたち時空エンジニアよりすぐれた存在などではまったくない。聞いているか？　そろそろ過去の失敗から学ぼうではないか？〉

長いあいだ……しかし、実際にはせいぜい数秒だったか……かれは反応を待った。時空エンジニアは次元空間のどこかにいて、プシオン・フィールドの帰還に直接関係する供給機を最終的に微調整しているはず。

〈ああ、聞いている〉と、ようやくミゼルヒンが応じた。〈いまの話も聞いているし、さらに多くのこともだ。ようやく理解してもらえたか。きみの種族の準備はいつととのう、独居者よ？〉

〈グレイ作用から逃れられたらすぐに、ミゼルヒン。今回の顚末《てんまつ》で目が開かれるだろう！〉

〈それならよかった。いま、そっちに行く。待ちつづけた長い時間がようやく終わるな、グナラダー・ブレク〉

情報の流れが変わった。深淵の独居者はしばらくのあいだ、スタルセンの崩壊以降でもっとも重要な情報を見わけていた。

創造の山はおちついている。深淵で定まった位置に入ったのだ。深淵穴もまた動きをとめたと、時空エンジニアは考えていた。深淵の地からはなれたあと、深淵穴も漂流したが、創造の山が深淵に位置を定めたところの通常空間でとまったのだ。

こんなことが必要になる事態が発生するとは、かつて深淵の地の住民も予想していなかっただろう。しかし、はじめからそれは構想計画にふくまれていた。時空エンジニアだけが知っていたのだ。

トリイクル9が帰還する。一種のプシオン性浸透により、フィールドは深淵穴を通って拡散し、もとの土台と融合するだろう。

そうなればようやく達成だ。モラルコードは修復され、時空エンジニアの任務は終了する。

真実！　グナラダー・ブレクは考えた。大宇宙にかけて、本当の真実とはなんだろうか？　すべてのものがまぬがれられない、運命と進化における真実とは？　創造の子供たちが……トリイクル9でさえも……忘れることのない、創造における真実とはどんなものだろうか？　ひとつひとつの部分から全体にどんなフィードバックがあるのだろう？

かつてであれば異端だと思えた思考が意識に侵入してきたが、まったく気にならない。

次元供給機が意識を拡大させているのだ。

ひょっとすると、トリイクル9の再構築を試みたことが、進化に対する最初の規則違反だったのかもしれない。独居者はそう考えた。コスモクラートはよく知らなかったのか、あるいは一定時期だけの代用品として再構築を計画したのだろうか？　トリイクル9が発見されたあともそれが使用可能かどうか、当時は予測できなかったのか。プシオン・フィールドを使用不能にできる力とは、いったいどんなものだろう？

この考えが正しければ、深淵の地の構築は最初から間違いだったということだ。

たしかな答えが出ることがあるだろうか？

情報流のなかから、五名のゆがんだ像が浮かんできた。

かれらがやってきた。独居者を探しだし、周囲に集まってきた。外側の意識を活性化させなくても、肉体的な近さを感じる。かれらがイメージのなかに割りこんでくる。いま、独居者の思考はかれらの思考になり、かれらの思考は独居者の思考になった。ニュートルムでのみ可能な、不可解な方法で、両者はコミュニケーションをとった。かれらはかれの思考のイメージを見て、かれはかれらの思考のそれを見た。それらはすべて供給機の銀色の流れの一部だった。

そのあいだには金色の光の息吹があった！　次元空間の一部に拡散したヴァイタル・エネルギーの残骸だ。計画どおり、放射の準備がととのっている。

〈そうだ〉ミゼルヒンの思考の声が響いた。独居者は、時空エンジニアが思考の力でいくつかの最新情報を流れに入れるのを見守った。〈そうだ、グナラダー・ブレク、その時がきた。その日がきた。しるしを見たか？　深淵の地の一部に未知の一宇宙船が衝突し、乗員はグレイ作用に染まる前に死んだ。その後、深淵のその部分は難破船とともに消えてしまった。やってきた場所にもどったのだ。ベハイニーン銀河の向こう側の通常空間に。これやほかの出来ごとが積み重なっていったが、それらは大きな事件の前の些細なことだ〉

〈注目、新しい情報だ！〉ジョイリンが告げた。膨大な情報流がほとばしってきて、深淵の全体的な状況が伝えられる。深淵の主要部分の一部が通常空間に放射されていた。黒い空虚空間に十五万の島々が、かつてサイバーランドの周囲にあった〝壁〟と同じようなバリア・フィールドにかこまれて漂っている。このフィールドにはプシオン成分はない。損傷を負わずにこの出来ごとを乗りきるために、ふくめなかったのだ。深淵の地ののこりの関連部分もすぐに崩れて通常空間に突入するだろう。

突然、さらになにかが起きた。すでに救命いかだは、すべて自給に切り替わっている。グナラダー・ブレクは巨大なエネルギー泡を認めたが、救命いかだにくらべればひどくちいさかった。かれはうめいた。

あれはなんだ？　グレイ領主はまだどんな悪だくみをしているのだ？

時空エンジニアは楽しんでいるようだった。

〈独居者よ〉ミゼルヒンの思考の声が響く。〈自分の家が見えるだろう。あの泡はニューートルムだ。ほら、見るのだ。しるしが急増している。深淵のあちこちで閃光がはしっている。時がきた〉

グルデンガン、ブールンハアル、ジョイリン、ニューセニョンがそれを裏づける。

〈その日がきたのだ、グナラダー・ブレク！〉

＊

「本当にまた会えるだろうか？　天空の星々きらめく氷のなかで？　われわれは踊って笑い、あらゆる空間が満たされ、よみがえるだろうか？　永劫の時は、われわれの大昔から背負う罪のメッセージを反響するだろうか？　壮大さをとりもどした時がもどってくるのか？」

かれらはニュートルムのなかで、次元供給機のない場所に集まっていた。ここなら情報の暴風の幻覚のような効果にも耐えられる。

ミゼルヒンはハトル人の上に身をかがめた。レトス＝テラクドシャンは意識を失い、聖櫃のわきで横たわっていた。ホルトも動かない。まったく異なる二生物は、負荷がつづきすぎたため、その犠牲になったのだ。

「そうなるかもしれない」ニューセニョンは応じ、ミゼルヒンを鋭く見つめた。「ならないかもしれない。その前に犠牲をはらわなくては。準備がすべてむだになったとしても、せめてささやかな犠牲ははらおう！」

かれらは手をとりあった。大きくて子供のような目が、内側から輝きはじめる。虚無から金色の泡が生まれた。ヴァイタル・エネルギー製の保護マントである。ちいさくて、計画を実行するため慎重に使うのにかろうじてたりる程度だ。時空エンジニア五名はそれをすこしだけ分離させ、レトスとホルトを守るのに使った。意識のない両者を泡のなかに寝かせ、目ざめるまで待つ。レトスが意識をとりもどして立ちあがると、ミゼルヒンはいった。

「時がきた。あまり動いてはいけない。泡に触れてもならない。それはホルトも同じだ。泡はあなたたちを守る唯一のもので、壮大な出来ごとに生身でさらされないようにしている！」

「わたしはどのくらい気を失っていた？」レトスはたずねた。「きょうは何日だ？」

「テラの暦では九月三十日だ。いま、しるしが急増している。だから保護泡を用意した。プシオン・フィールドがいつもどってもおかしくない。そのときには、われわれすら次元空間にはいられない。深淵の独居者もだ！」

ミゼルヒンは接近してきたサイバネティクスの車輌をさししめした。グナラダー・ブレクが降りてくる。そのからだには無数のちいさな赤い斑点があった。真っ赤に光り、一部はすでに黒くなっている。車輌はサイバネティクスのパーツに分解して、近くの技術施設に統合された。

突然、轟音が響いた。発生源は頭上で、そこにはヴァイタル・エネルギーが光っている。音はニュートルム全体に鳴りわたり、時空エンジニア五名はあわててたがいの手をとり、重力を無効にした。天井まで上昇する。

「ハイパー物理現象だ」グルデンガンが確認した。「振動している。この意味はとっくにわかっているだろう。だがいまは、もし深淵の地がまだ完全だったとしても、この振動で砕けるだろうということもわかるはず。これが証拠だ」

「あなたたちがフロストルービンと呼ぶ、トリイクル9が到着したことの証拠だ。いまは通常空間にある。まもなく深淵穴を使った通過がはじまる」ニューセニョンが毛のない頭をなでた。

「その日がきただけでなく、その時間もきた。運命よ、せめて今回は計画がうまく成功するように手を貸してくれ」ジョイリンがつづけた。

「ヴァイタル・エネルギーに集中するのだ！」ブールンハアルが叫ぶ。

すると、ミゼルヒンがつけくわえた。

「こうしてわれわれの運命は、われわれの任務は、満たされる。ほかの者たちはわれわれよりも賢かった。かれらは失われたフィールドをふたたび見つけだしさえした。だから、せめてわれわれは深淵種族を死から救おう。それ以上はできない。すべてが終わったとき、われわれがどうなるかは、だれにもわからない。われわれとグレイの同胞たち、領主判事とグレイの領主たち……」悲しそうな目がレトスに向けられた。「われわれの種族は、かつては超越知性体への敷居に立っていた。今日《こんにち》では、そこをこえることを許される状態からかけはなれてしまった。実際、われわれにはなにがのこっているのだろう？　われわれはどうなるのだろうか？」

ミゼルヒンは黙ったが、レトスも目をさました聖櫃もなにもいわないので、つづけた。

「トラヴィンド！　それが最初のひとりの名前だ。これまでかれらの名前はすべて羞恥《しゅうち》心から秘密にされてきた。しかし、いま、かれらはふたたび名前で呼ばれるべきだろう。トラヴィンドは領主判事クラルトの本名だ！」

轟音が歌のようになった。金色のヴァイタル・エネルギーがニュートルムの壁からはなれ、機器のあいだの空間を埋めていく。

それはすぐに消えてしまった。

「真実の時だ！」ミゼルヒンが告げた。「決断がくだされる。ヴァイタル生物か、グレイ生物か！　深淵の騎士よ……無限の宇宙の住民よ。いまこそ、生命に賛同するか、生命を否定するかという戦いの決着がつく。われわれ、最善をつくした。いま起きていることには、われわれはなんの干渉もできない。われわれよりも強大な者がいるからだ。その名はコスモクラート！」

レトス＝テラクドシャンを見やると、からだをこわばらせている。グナラダー・ブレクも反応をしめし、ホルトは床に音をたてて墜落した。

「生命の敵と戦おう！」ミゼルヒンは決意した。数カ月前にグナラダー・ブレクが使っていた声色を自分のものにしたことを、しっかり意識している。

ミゼルヒンの口から出たコスモクラートという名前は、悪態のように聞こえた。

＊

グレイ領主たちは決断の時が迫っていることを知っていた。かれらには時空エンジニアに劣らない知性がある。かれらはすべてのしるしを見て、確信した。転送機ドームは安定していて、サイバーランドの制御室に問題はない。

「グレイ作用のおかげで、時空エンジニアはいまも間違いつづきだな」クラルトは以前からいっている評価をくりかえした。「ジャシェムとその技術がわれわれのものになることを、かれらはけっして許すべきでなかったのだ」

グレイ領主たちは計画どおり、十五万の島々に散らばっている。

「のこるはニュートルムだけ」クラルトはつづけて、新しい領主判事ふたりに目を向け、非難した。「あなたがたは最後の時空エンジニア五名の避難地にまったく注意をはらっていない。そこでなにが起こるか、だれにわかるだろうか！」

「なにも起こらないだろう」アトランは応じた。「ニュートルムに意味はない。時空エンジニアはそこを使ってわれわれの気をそらそうとしただけだから。重要なのはスタルセンだ。われわれは都市を破壊し、だれもがその結果を目にした。コスモクラートの従者たちは、深淵の地につづく道を粉砕できなかった。くるのが遅すぎたのだ！」

ほかの領主判事たちから賛同するようなつぶやき声があがった。ジョルケンロットは耳ざわりな声でいった。

「われわれ、権力を手に入れた。それだけで意味がある！」

かれらはテクノトリウムにいて、アトランとジェン・サリクはかつての仲間を周囲に集めていた。チュルチ、ウェレベル、クリオ、つむじ風ボンシン、ジャシェムのカグラマス・ヴロトとフォルデルグリン・カルト、駆除部隊がそばにそろっている。さらに、ドモ・ソクラトもくわわっていた。グレイ生物の哲学者は多くの言葉を語らず、いまもきわめて無口だった。

「それでもさらに、ニュートルムを破壊する手段を探すべきだ！」ライークがいった。

「まだ時空エンジニアが五名に深淵の騎士がひとりいるとは、がまんならない！」

「その不信感は正当なものかもしれない」フフリーは賛成した。その目はアトランとサリクをのみこまんばかりだ。「かれらを見ろ。ローブではなくティランを身につけている。いつもふたりでいっしょだ。なにかたくらんでいる！」

「まさにそのとおり！」侏儒の声が響いた。「かれらを領主判事にしないほうがよかったのです」

「わたしはどんな決定もとりけさない！」クラルトは怒った。「アトランとジェンがいなければ、こうまでやれなかっただろう」

「あるいは、やりすぎかも」と、ピルクス。

振動がテクノトリウムにはしった。すべての救命いかだから、振動についての報告がすぐにとどく。一部では、わずかに被害も出ていた。

「深淵のハイパー物理性振動だ」ジャシェムたちは悟った。「なにかが起きている。コスモクラートが力を行使しようとしている！」

「成功しないだろう！」クラルトが大声でいって、監視機器に目を向ける。突然、叫び声をあげて振り向いた。片手でコンソールを握りしめ、もう一方の手はあわてたように宙をかいている。

ピルクスがクラルトのわきに跳んでいき、やはり腕を振りまわしてわめいた。

「裏切りです！　かれらに裏切られた。エネルギーがやってきます！　ヴァイタル・エネルギーが！」

すべての十五万の救命いかだが、すぐに金色の鐘につつまれた。ヴァイタル・エネルギーは防御バリアを通過し、大地と転送機ドームに降りそそぐ。最上階から、グレイ作用が崩れたという最初の報告がとどいた。

「はじめからわかっていました！」ピルクスが叫ぶ。「見張り役としてわたしをかれらにつけてもらえてよかった、クラルト。証拠は見つかりませんでしたが、疑いを感じていたので。即刻、ふたりを殺すのです！」

アトランとジェン・サリクは仲間たちを見やった。クリオ、つむじ風、ほかの者たちは、ふたりからはなれ、出入口に近づいていった。一方、駆除部隊はゆっくり武器を持ちあげ、領主判事ふたりに狙いを定める。

「やめろ！」クラルトが大声でいい、ふたりに歩みよって、耳ざわりな声でいう。「命を奪うこともできる。あなたがたの裏切りは前代未聞だ。だが、すみやかな死は罰にならないし、これまで領主判事がべつの同志を殺したことはない。いや、あなたがたにはこれ以上ないくらいひどい罰を受けてもらう。あなたがたは深淵に吸いこまれるのだ。連れていけ！」

この瞬間、ドモ・ソクラトが反応した。身を乗りだし、新しい領主判事ふたりをかばうように前に立つ。

「だれも吸いこまれることはない」かれの声がテクノトリウムに響いた。黄色い円錐状の歯をむきだす。領主判事クラルトはあわててうしろにさがった。「深淵哲学者の言葉を聞け！」

かれはアトランとサリクをじろじろ眺めて、いった。

「ふたりはグレイだと、わたしは感じる。それでもふたりはグレイ生物を裏切った。したがって、深淵の騎士としての条件づけのほうがグレイ作用よりも強いということ。いまでも強いのだから、長いあいだにはさらに強くなるだろう。わたしが深淵哲学に染まっているのは、みなが知ってのとおりだ。だが、わたしは自分の考え方が変わっていくのを感じる。自分のなかからなにかが流れでていくような気がするのだ。どういうことだろうか？　わたしのなかには深淵の息吹があるのに、それがからだから抜けていく。深淵がその存在をやめるのか、あるいは救命いかだが深淵から隔絶されているか、どちらかだ」

「救命いかだが深淵をはなれているのだ」アトランが大声でいった。「それが時空エンジニアの計画だ。深淵種族は救出され、グレイ作用は終わる！」

入ってくる通知で、転送機ドームのすべての生物、動植物ももとの姿にもどっていることが確認された。ヴァジェンダの最後のヴァイタル・エネルギーが、グレイ作用からの救いをもたらしたのだ。

領主判事クラルトは椅子にすわりこんだ。

「すると、終わりか」かれは耳ざわりな声でいった「われわれ、まったく太刀打《たちう》ちできない」

かれは跳びあがり、アトランに近づいていき、大声を発した。

「われわれはどうなる？　十五万弱のグレイ領主は？　ヴァジェンダではなく、どこかほかの場所でヴァイタル・エネルギーにさらされたら？」

「グレイ生物としては滅びる」と、ジェン・サリク。「しかし、ヴァイタル・エネルギーと、プシオン・フィールドのトリイクル9から発せられる力がきみたちをよみがえらせるだろう。わたしは感じる。この力がしだいに自分のなかからグレイ作用を追いだしていくのを」

「死だ！」クラルトは叫んだ。「それはつまり、死だ。グレイ生物だけが真の生物なのだから」

「では、死ぬのだな」アトランはいった。目尻にかすかに笑みが浮かんでいる。テクノトリウムのなかにヴァイタル・エネルギーがひろがるのをかれは感じていた。もやは苦労することなく、自身のなかのグレイ作用を追いはらえる。「グレイ生物に死を！」

ジェン・サリクにほほえみかけると、テラナーは人間的な温かい笑顔で応えた。同じ瞬間、ふたりはレトスとホルトにコンタクトをとった。

すべてが順調だと、かれらはいま知っていた。救済計画は成功したのだ。

7　捜索者の帰還

　巨大な銀河の向こう側にある空虚空間が満たされはじめた。数百万、数千万もの宇宙船が物質化して、ほとんど無限にのびる大蛇を徐々に形成していく。大蛇は虚無を通ってのたうっていた。

　しかし、その虚無はもはや空虚ではない。たしかにここには恒星はなく、黒い埃の粒子があるだけだ。しかし、アルマダ艦船の熱探知によれば、トリイクル9の居場所となる宙域でますます多くの瓦礫が物質化していることをしめす証拠が出た。

　敵はこの瓦礫のあいだに身をひそめていた。混沌の勢力の手先だ。最後の出動を引き受けて、フロストルービンがもとの場所にもどるのを最後の瞬間まで防ごうと、全力をつくしている。

　だが、かれらには成功はもたらされなかった。無限アルマダに直面して、自分たちの大胆なくわだてに見こみがないと多くの者が悟り、逃亡したのだ。かれらはきたときと同じく、目立たないように、あわただしく姿を消した。NGZ四二九年九月中旬にはアルマダ部隊への攻撃が最終的にやむ。最後の船と最後の敵の武器も戦いを放棄した。

無限アルマダは全部隊が到着していた。ベハイニーンから二百八十万光年はなれたところにある、もとのポジションに。巨大銀河ベハイニーンはかみのけ座銀河団に属し、銀河系からはさらに二億光年の距離がある。

かつて無限アルマダはここから、突然変異して消滅したプシオン・フィールドを探すために出発した。この宙域でオルドバンは以前、ローランドレの一部となって監視艦隊を指揮していた。そして、かれがトリイクル9の突然変異の脅威のしるしを見のがしたのもこの場所だった。不注意なサドレイカル人であふれた船が運命によってここに漂着し、そちらに気をとられてしまったのだ。

オルドバンは義務をおろそかにしたということ。コスモクラートのティリクから指揮官および最高監視者に任命されたかれは、任務をあまりに軽く考えていた。プシオン・フィールドの突然変異はくりかえし発生する。自然発生的に起こるので、修正が必要だ。それを監視して混沌の勢力の介入を防ぐため、コスモクラートは全権委任者を複数おいている。そのそれぞれが、宇宙の無数の種族の艦船数百万隻で構成される監視艦隊を指揮していた。こうした推定上の無限アルマダが、多くの場所にあったのだ。

コスモクラートは、全権委任者がそれぞれ良心的に任務をはたすと信頼していた。だが、オルドバンについては思い違いだった。サドレイカル人の老勇士は義務をおこたったのだ。かれがようやく反応したときにはすでに手遅れで、トリイクル9は消えてしまった。プシオン・フィールドはその土台からはなれ、広大な宇宙を漂っていった。そのスピードはあまりに速く、追いつくこともできず、この出来ごとはもとにもどせなくなった。

オルドバンは義務をおろそかにした。

それをオルドバンが気にしなかったということはない。かれは突然、自分の同胞に会えて熱狂したことが不運につながったのだと悟った。こうして、巨大艦隊を進発させるしかなくなったのだ。受けた衝撃の副作用で、かれは警告や抗議に対して強情に応じるようになった。

オルドバンが背負った罪は言葉にあらわせないほど苦しいものだった。罪悪感はきわめて大きく、生きのびるにはそれを抑圧しなければならなかった。罪人を仕立てあげるしかなく、かれはトリイクル9が混沌の勢力に盗まれたというつくり話をひろめた。抑圧の過程で、とうとうオルドバン自身さえもそれを信じるようになった。

トリイクル9の数百万年におよぶ捜索がはじまる。捜索が進むにつれ、オルドバンは自分自身をますます捨てていき、自分の構成物質の一部をアルマダ炎と印章船のなかに入れた。この炎によって、オルドバンはアルマディストに対して支配権を握ることになる。また、かれは強制インパルスを発明し、個々の船やアルマダ全体が艦隊をはなれて故郷に帰ろうとするのを阻止した。

この関連におけるひとつひとつの悲劇的な運命についてはほとんど知られていないが、アルマダ年代記にはいくつかの驚くようなことが記されているだろう。

永劫にも思える捜索と日常の積み重ねがつづき、アルマダ種族が捜索の意味をとうに信じなくなっていたとき、かれらは失われたフィールドを発見した。それはどうやら未知種族によって悪用されていて、かれらは自動的に混沌の勢力のしわざだと考えた。長い時間がかかったのち、真実が明るみに出て、アルマダ王子……ローランドレのナコールが、オルドバンの分散した意識があるメンタル保管庫を再活性化させた。

これにより、無限アルマダは完全な行動力をとりもどした。アルマダのなかにあり、言葉の真の意味で遍在するオルドバンのような者だけが、巨大艦隊が任務を確実にはたすように調整することができるのだ。

ローランドレのナコールはオルドバンの一部となった。かれの意識がオルドバンの意識と一体化したことによって、表面的にはすでに真実だったことがついにはっきりした。オルドバンの唯一の正統な息子で相続人であるのは、ローランドレのナコールだったのだ。息子だと自称していたアルマダ工兵の銀色人ではなかった。

こうして一体化したときから、ナコールは無限アルマダ全体のいたるところに遍在するようになった。かれはメンタル保管庫に保存されていたオルドバンの記憶を使える。

あちこちに精神的に存在し、各アルマダ艦船に個人的に気を配ることができた。かれはアルマディストと会話をし、決定的な一歩を踏みだし、オルドバンとは正反対の道を進んだ。ローランドレのナコールはアルマディストたちを解放したのだ。アルマダ炎を除去し、強制インパルスを撤廃した。

さらに、自分の味方になってむずかしい任務を完遂してくれるよう、アルマディストたちにたのんだ。だれもがかれの呼びかけに応じる。そしてクロノフォシル・テラ活性化に向けて、ナコールが無限アルマダを指揮して銀河系を通過させたあと、ついにその時がきたのだった。

プシオン・フィールドの本来の場所へ！　その呼び声とともに、無限アルマダはそれまでの作戦領域からしだいに姿を消し、銀河間の底なしの奈落をこえて数カ月にわたる旅を終えた。

本来の場所へ。

そして、その時がきた。最後の部隊が物質化し、最後の敵が追いはらわれた。監視艦隊が本来の任務にとりかかるのを阻止するものはなにもなかった。

ただ、ペリー・ローダンの乗る《バジス》が欠けている。さらに、トリイクル9もまだ到着していない。

しかし、最初のハイパー振動が発生し、連続体が引き裂かれた。深淵への通路は、艦隊全体が空間の下の空間に進入できそうなほど拡大した。

それが兆候だった。ついに封印が解かれ、トリイクル９が本来の場所にもどるまで、それほどかかりそうになかった。

振動と同時に、ローランドレがあるアルマダ部隊の中央で、乳白色の雲が光りはじめた。

「アルマディスト諸君！」アルマダ種族たちは音声とテレパシーで、かれらのあらたなオルドバンの声を聞いた。「宇宙の秩序を守る戦士たち。はるか昔、過ちからはじまったことが、いま償われた。オルドバンが数百万年にわたって償ってきたことが、いい方向に向かったということ。多くの者が無意味だと考えていたはてしない捜索が報われた。それが、歩むことのできる唯一の道だったのだ。

アルマディスト諸君！　トリイクル９が帰還する。そして、われわれはすでにここにいる。監視艦隊はかつての任務をふたたびになう準備をととのえている。

これがオルドバンからの最大のプレゼントだ！」

アルマダ部隊の各艦船では形容しがたい歓声がわきあがった。それぞれの種族が独自の精神性で、時をこえた勝利と、捜索の成功を祝っている。しかし、かれらにはひとつ共通点があった。

先祖代々つとめてきた任務を、また実行することを許されたのだ。

暴風がアルマダを吹きぬけ、ローランドレの周囲がいままで以上に明るくなった。

「われわれの指導者万歳！」

「オルドバン万歳！」アルマディストたちは声をあげた。

あとがきにかえて

若松宣子

両親のおかげで体は丈夫でこれまで大病をしたこともなく、あまり病院のお世話にならずに過ごしてきた。しかし昨年は、コロナ禍のほかにもいろいろあり、どうやら知らないうちにストレスを抱えていたようだ。ふと気づくと、腹部の右側に発疹ができている。「おなか」「赤いぶつぶつ」と入力してインターネットで調べてみると、帯状疱疹という病名がすぐに出てきた。便利なもので画像検索もしてみると、自分の症状と似ているような、似ていないような画像がつぎつぎ出てくる。

帯状疱疹にかかると神経痛が残り、場合によっては腕もあがらなくなるという話を、実際に病気にかかった数名の知人から聞いたことがあった。ただし家には猫もいて、虫刺されかもしれないという疑いも残る。しばらくそのままにしていたのだが、調べるほど、放置すると重症化するという、インターネットに載っている情報がこわく感じられてきた。一方、コロナもこわいから病院にいくのもいやだなあと、ぐずぐずしていたのだが、一週間ほど様子をみても発疹が消えないので病院にいってみた。

タイミング悪くインフルエンザの予防接種の時期で、近所の病院は非常に混んでいた。病院のドアも開け放してあり、廊下まで待合室になっているが、密を避けるどころではない。ようやく順番がくると、やはり一目で帯状疱疹だと診断が下された。インターネットで読んでいた情報と同じ話を聞き、一週間しても痛みもないのになあと、なんだか納得しきれない気持ちで処方箋をもらった。そして薬局で、薬をもらおうとしてその料金に驚いた。なんと一日二錠一週間分で五千円を超えている。しかも見たこともないほど大きな錠剤だ。薬局でそれほど高い薬を買うのははじめてで、文字通りがく然としていると、ジェネリックはないんですよ、と説明された。

前置きが長くなってしまったが、ジェネリックがない、というところで、その数日前に見た映画が思い出された。『薬の神じゃない!』という中国映画だ。妻にも見放されて、さえない暮らしをしている男の小さな店に、慢性骨髄性白血病患者がインドのジェネリック薬がほしいとやってくる。店主は初めは断るが、金もうけのいい機会だと密輸をはじめる。ところがこの薬を買いたいという希望者がまたたくまに増え、次第に商売が大きくなっていき、多くの患者の命が救われる。しかし一方、警察に目をつけられはじめ……という話だ。

テレビで紹介されていたのを見て、おもしろそうだなと見にいったのだが、期待以上に涙あり、笑いありの、まさに痛快な社会派娯楽映画だった。まずはこれが中国でつい最近の二〇一四年に、実際に起こった医薬品密輸入事件を基にした話だということに驚く。当時、中国では正規の薬は一瓶が日本円で数十万円というびっくりするような高額で売られていた。同じ患者でもお金を持っているか否かが、そのまま生死の分かれ目になってしまうのだ。インドでは同じ成分の薬がずっと安価で売られているというのに。

映画ではそうした社会の暗部と同時に、どうしようもない人生を送ってきた主人公の起死回生の姿が描かれる。私利私欲からはじめた商売が人助けにつながり、多くの人に感謝されるようになる。しかし法を犯しているのは事実だ。実際に起きた事件では、密輸したのは患者自身だったそうだが、設定が変えられて、あくまでも他者のために薬のビジネスを続けるかという点に焦点がしぼられているため、かれが抱える悩みとジレンマがより強く伝わってきた。

そしてかれの元には、まさに社会の底辺でどうにか生きてきた者たちが集まってくる。そのひとりひとりがまたキャラクターが際立っている。さらにとにかくみんなでお鍋などを囲んで食べながら、わいわいしゃべりつづける場面が多い。ものを食べて仲間と語り合いながら生きていくことが、やはり人間にとっては大切なのだということをあらためて感じさせられた。コロナでそうした普通のことができなくなっている今だからこそ、よけいに心にしみた。また白血病患者は免疫力が弱っていて、みんながマスクをしている。しかしそれを一斉にはずす場面があり、そこが見る者の涙をさそう。マスクが日常生活の一部となってしまった今、自分もその群衆の中にならんでいるような錯覚を感じた。

実際に起きた事件とこの映画によって中国では医療制度があらためて注目され、なんと医療改革が起きはじめているという。人々の勇気が社会を変えていく。マスクをして、人を避けてなんとなく背中も丸めながら過ごしていた昨年、大きなエネルギーをもらえた映画だった。

さらにジェネリック薬品や保険制度のおかげで、薬を安く買える日本でいま暮らしているありがたみも感じた。ところでお腹の発疹はというと、その後、高額な薬のおかげかどうかもすでにわからないが、とくに痛みを発症することもなく、しだいに消えていった。重症化しなかったことを感謝したい。

2000年代海外SF傑作選

橋本輝幸編

独特の青を追求する謎めく芸術家へのインタビューを描き映像化もされたレナルズ「ジーマ・ブルー」、東西冷戦をSFパロディ化したストロス「コールダー・ウォー」、炭鉱業界の革命の末起こったできごとを活写する劉慈欣《リウ・ツーシン》「地火《じか》」など二〇〇〇年代に発表されたSF短篇九作品を精選したオリジナル・アンソロジー

ハヤカワ文庫

歴史は不運の繰り返し

——セント・メアリー歴史学研究所報告

Just One Damned Thing After Another

ジョディ・テイラー
田辺千幸訳

歴史家の卵マックスは恩師からセント・メアリー歴史学研究所での勤務を紹介される。じつはここでは実際にタイムトラベルしながら歴史的事件を調査していたのだ！　ハードかつ凄惨を極める任務、さらには研究所を揺るがす陰謀まであきらかになり⁉　英国で大人気のタイムトラベルシリーズ開幕篇。解説／小谷真理

ハヤカワ文庫

アルテミス（上・下）

ARTEMIS

アンディ・ウィアー
小野田和子訳

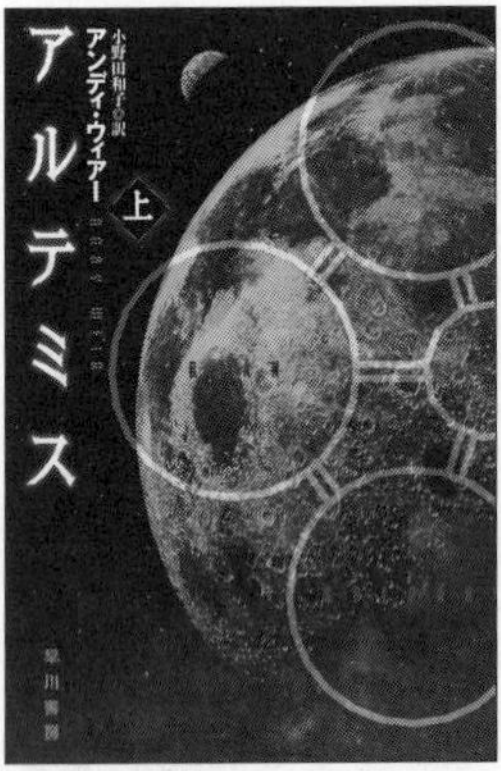

月に建設された人類初のドーム都市アルテミスでは、六分の一の重力下で人口二千人の人々が生活していた。運び屋として暮らす女性ジャズは、ある日、都市有数の実力者トロンドから謎の仕事のオファーを受ける。それは月の運命を左右する巨大な陰謀に繋がっていた……。『火星の人』に続く第二長篇。解説／大森望

訳者略歴　中央大学大学院独文学専攻博士課程修了，中央大学講師，翻訳家　訳書『永遠の戦士ブル』フランシス＆エーヴェルス，『十戒の《マシン》船』グリーゼ＆マール（以上早川書房刊）他多数

HM=Hayakawa Mystery
SF=Science Fiction
JA=Japanese Author
NV=Novel
NF=Nonfiction
FT=Fantasy

宇宙英雄ローダン・シリーズ〈635〉

カルフェシュからの指令《しれい》

〈SF2315〉

二〇二一年二月　二十　日　印刷
二〇二一年二月二十五日　発行

（定価はカバーに表示してあります）

著者　デトレフ・G・ヴィンター
　　　アルント・エルマー
訳者　若《わか》松《まつ》宣《のり》子《こ》
発行者　早川　浩
発行所　株式会社　早川書房
郵便番号　一〇一‐〇〇四六
東京都千代田区神田多町二ノ二
電話　〇三‐三二五二‐三一一一
振替　〇〇一六〇‐三‐四七七九九
https://www.hayakawa-online.co.jp

乱丁・落丁本は小社制作部宛お送り下さい。
送料小社負担にてお取りかえいたします。

印刷・信毎書籍印刷株式会社　製本・株式会社川島製本所
Printed and bound in Japan
ISBN978-4-15-012315-4 C0197